騎士大人
請收斂你的心聲

Mr. Knight, Please Restrain Your Heart's Whispers

by Chihsia & Sukmyeon

I

Mr. Knight, Please Restrain Your Heart's Whispers

Contents

✦

【以Sun之名，簽訂心之契約】

I. 每位Sun都有專屬於自己的一位騎士，而騎士一輩子都會是Sun的僕役，騎士無法隱瞞Sun任何事情，任何心聲Sun都聽得到，考驗僕役的忠誠度。

II. 貴族才會誕生Sun，但僕役不一定是騎士，也有可能從平民中誕生，成為僕役對騎士或平民來說是一件非常光榮的事情。

III. Sun會在五、六歲的時候覺醒，他可以跟他的僕役在心中交流，不論他們相隔多遠。

IV. Sun會成王，每二十年會有一次王的考驗，所有的Sun都得參加考驗，考驗內容每次不一樣。

V. Sun可以主動與任何人締結契約，擁有數個僕役，這種關係可以任Sun的意願隨意解除，專屬騎士則不然，想要解除專屬騎士，必須達成某個條件，而這個條件只有騎士知道，Sun則是有提出解約的權利，亦即兩個人都要同意才能解除彼此一生的誓約。

Mr. Knight, Please Restrain Your Heart's Whispers

Chapter One

✦

Sun與騎士

燦亞在六歲的時候覺醒為Sun。

那是一種奇妙的感覺，靠近心臟的胸口發熱，一路燙到左後腰，從那蔓延出太陽與玫瑰的圖騰，白色的太陽生在左下腹，銀色的玫瑰綻放在後腰，有什麼聲音在腦中滋滋作響，接著在某個瞬間歸於平靜，身為貴族的燦亞知道，他與某個人產生了連結。

他擁有了每位貴族夢寐以求的資格，成王的資格。

那豈不是超級厲害的嗎？

年僅六歲的燦亞興奮極了，也不管時間，直接在深夜裡呼喊他的騎士。

『嘿！你就是我的騎士嗎？不要驚慌，我是你的王。』

『……』

『呵呵，我的小騎士，別害羞，我們很快就會見面了。』

『……』

『你放心，你將所向披靡，百戰不殆，最後，帶著榮耀為我加冕。』

『……』

『你叫什麼名字？』

『……齊維。』

『齊維，聽起來真不錯。我叫燦亞。燦亞．歐塔克，是你未來即將服侍一輩子的Sun，高興吧？歡呼吧！我的騎士！』

『……』

那是他們的第一次交談，對，算是交談，也是燦亞長大後非常想遺忘的黑歷史。

當時的燦亞並沒有將自己覺醒的事情告訴父母。歐塔克，並非明面上光鮮亮麗的貴族，而是隸屬於皇室的祕密特殊暗殺部隊，所屬菁英二十四小時暗中保護皇帝陛下，陛下的命令即為聖旨，負責剷除任何會對陛下產生威脅的存在，屬於皇室的黑暗面，對外則是一個普通的貴族，不值得一提。總之，燦亞平時見不太到忙碌的父親和母親，總想著哪天要在正式的場合向他的父母炫耀，結果那一天還沒來，意外先發生了。

那一年，燦亞七歲，參加完初登場舞會的第二天，於睡夢中被父親喚醒。父親神色急切，彷彿被什麼人追趕，燦亞茫然又困惑，只見父親匆忙地收拾行李，並對他說：「我們必須走了。」

「去、去哪？」

「離開這裡，以後我們要以平民的身分活下去。」

「什麼意思？」燦亞一頭霧水，下意識地轉頭尋人，「母親呢？」

父親站到他的面前，居高臨下地問：「燦亞，身為歐塔克？」

燦亞微愣，忍住驚慌的淚水，蹙眉垂首，回應他的父親道：「……不問、不聽、不看，唯有服從。」

「是的。」父親抱起燦亞，這時燦亞才看清楚父親的表情，他像是在哭，憤怒地哭泣，卻不允許眼淚流下來，倔強地挺直背，將歐塔克的稱呼扛住。父親又道：「從今以後，你只是燦亞，我只是萊洛，我們不再是歐塔克，不能以歐塔克自稱，但屬於歐塔克的尊貴與榮耀依然存在於我們的心中。」

萊洛閉上眼，額頭輕碰著燦亞的腦袋，以父親的身分說：「燦亞，請原諒我。」

沒有什麼原不原諒的。

燦亞想。

即便對母親的行蹤一無所知、即便過了好多年他還是不曉得離開歐塔克的原因、即便不曉得那些在宅邸裡照顧他的人們之後的去向，他依然聽令拋棄歐塔克、拋棄他的母親、拋棄他的家、拋棄那些像家人們的存在，不問、不聽、不看，完美地成為被貶為平民的貴族。

因為他是燦亞．歐塔克。

所以努力讓自己適應了。

捨棄過往的貴族身分，以一個平民生活。

平民，意思是沒有僕人、沒有廚師、沒有工人，什麼都要自己來，更需要努力掙錢存活。燦亞只知道父親找了些管道，他們才能順利在首都最外圍的平民區住下來，然後養一些比他還要尊貴的馬兒來養家活口，那些馬兒主要賣給貴族和騎士，其實能賺不少，因此每一匹馬都要精心照顧。

「父親，你今天餵馬了嗎？」

「啊、還沒！」

「怎麼又忘記？等等牠們又會生氣了。」

「抱歉抱歉，老了記性不太好，我這就餵，你趕快去學校。」

「請小心，牠們肚子太餓，脾氣就暴躁，還有要記得澆花。」

「好的，知道了。」

燦亞也不知道這是好事還是壞事。

成為平民後，再也不像以前一年只能看見父親幾次，現在每天相處在一起，父親身為平民也收斂許多，那些威嚴與血腥之氣全都藏了起來，他偽裝成溫和有禮偶爾脫線的角色，這一裝就裝了八年，雖然燦亞有時候會懷疑父親究竟是完美偽裝還是本色演出，但認真來說，這樣的生活也不差。

拋棄就拋棄了。

燦亞是連同 Sun 的身分一同拋棄，也拋棄了屬於他的騎士。

現在的他不配，不配擁有那麼棒的騎士。

離開家後燦亞就沒有再和他的騎士說過話，以前可是照三餐在騷擾人家。他想，一個落魄的貴族怎麼能夠擁有僕役，那名騎士會被笑的，所以就算斷了聯繫後他的騎士有嘗試呼喚他，燦亞也沒有回覆，久而久之，就再也聽不見騎士的聲音。

也許他連 Sun 的身分也沒了。

無所謂。

反正燦亞知道他過得很好，這就夠了。

……他原本是這樣想的。

在這裡，不論是貴族、騎士還是平民都能就讀帝國學院，不過學院也有分三大校區，一是貴族、二是騎士、三才是平民，本來很少會有交集，然而在舉辦狩獵祭的時候，三大校區就會聯合一起，雖然粗工還是平民們在做，燦亞是不知道貴族到底做了什麼，大概是坐著躺著和呼吸吧。

所謂的狩獵祭就是騎士為了表現忠心和能力而舉辦的活動，哪位騎士狩獵到最多的獵物獻給哪位貴族，那位貴族就享用最大的榮耀，如果是 Sun 的話更好，這對未來的王之選拔很有幫助。現在呼聲最大的就是號稱史上最年輕、最有潛力的最強騎士——齊維。據說他已經有了 Sun，但沒有人知道他的 Sun 是出自於哪戶貴族。

燦亞每次在聽大家討論齊維時，總是想著很抱歉，大家要失望了。

那位 Sun 就是他，已經落魄的貴族。

燦亞的專屬騎士就是史上最年輕、最有潛力的最強騎士，齊維。

他從來沒有想過要和齊維相認，對燦亞來說，他在遙遠的地方看著他就夠了。齊維一點也沒有變，看起來就跟燦亞所想的一樣冷冰冰的，以前他們交談的時候，都是自己在嘰嘰喳喳，齊維較為寡言，偶爾才會附和他，也會給他意見，但聽著齊維的聲音，燦亞的心情就會不知不覺靜下來。

齊維一定會很優秀。

他未來一定會是位很優秀的騎士。

年幼的燦亞如此相信，現在，齊維確實成為很優秀的騎士。

臉和身材的部分也很優秀，又高又帥，英氣逼人，燦亞每次從遠處看到那張臉都忍不住讚嘆，帥，相當帥氣。齊維甚至有自己的後援會，這讓燦亞怎麼半途出來跟他說「嗨，我是你的Sun」，太自不量力了，想成為全民公敵嗎？想被嘲笑嗎？燦亞一點也不想要看見齊維對他露出失望的表情，所以能躲就躲，最好能躲一輩子。

他走他的平民路，齊維走他的騎士路，但問題是燦亞至今仍然能感知到他，看來Sun的身分還在，雖然他們之間已經沒有對話，也聽不到聲音，可多少還是能感應到他的存在，畢竟齊維的存在感很大。於是燦亞在某一天試著切斷他們之間的聯繫，這應該是可行的，解除誓約的條件在齊維的手裡，齊維不可能拒絕。

然而燦亞卻切不斷。

為什麼？

這個答案，燦亞在狩獵祭結束後知道了。

從齊維扛著獎盃走到燦亞的面前向他單膝著地並捧著他的掌心親吻開始，燦亞就覺得一切都完蛋了。

「我將所向披靡、百戰不殆，最後，將榮耀帶回來為你加冕。」

燦亞頂著所有人驚詫的目光，想死的心情都有了，但那原本冷冰冰的齊維，此時忽然像隻可憐的小狗狗蹭燦亞的手。

「我將榮耀帶給燦亞大人了。」

「能不能、不要拋棄我？」

齊維裝作一副可憐兮兮的樣子，心聲卻像脫韁野馬似的傳進燦亞的腦袋裡。

『還敢拋棄我就把你關起來。』

『怎麼可以切斷我們的關係，我都沒有追究你突然消失這件事情了。』

『你不對我負責，好，我對你負責。』

『燦亞大人，嗯，真好聽。』

『我永遠會是你的小騎士。』

『終於能和燦亞大人說上話了，憋好久，下面也是。』

『說起來，之前燦亞大人看到我的時候都會躲起來，他都不知道我多想追上去把人摁在懷裡，扛起來帶回家。』

『燦亞大人、大人、燦亞……我的小燦亞，你這一生別想擺脫我了。』

『燦亞大人的臉色看起來有點……啊，我忘記收斂心聲了。』

燦亞心想現在昏倒的話，是不是能逃離這荒謬的一切？他同樣以傳遞心聲的方式向齊維說：『……你還知道。』

『呵。』

齊維微微一笑，抓著燦亞的手越發大力。

「請親我一下獎勵您最忠誠的騎士，好嗎？不然我不太曉得我接下來會做什麼事情，燦亞大人？」

「……你才不是騎士。」

燦亞半垂眼簾低嘆，他的臉部似乎因為齊維過多的心聲而染上羞窘的顏色，但他並沒有因此做出丟臉的舉動，反而像真正的貴族，高高在上地抬起齊維的下顎，依照貴族的禮儀誠摯地在他的額上留下一吻。

「你現在只不過是個流氓，齊維。」

齊維恍神一秒：『……硬了。』

「齊維！」

／

騎士日誌 齊維

我的 Sun 是一名自戀、臉皮厚又無恥的小鬼。

他說話的語調非常輕佻，動不動就喊著我是他的小騎士，他感覺什麼都不知道，只是沉醉於Sun權力的小孩，我覺得他長大後一定會成為昏君，然後我是昏君的騎士，而我無法選擇，這是註定的事情，我既無法抵抗Sun也無法隱藏自己的厭惡，那我還能成為忠心又完美的騎士嗎？

……想想就覺得前途一片灰暗。

我從小就為了成為帝國最強的騎士每天訓練，父親對我也充滿期許，我也是，嚮往著自己披荊斬棘，在戰場上凱旋歸來，為我的王加冕……

──『你放心，你將所向披靡，百戰不殆，最後，帶著榮耀為我加冕。』

不是。

不是他。

突然想到他之前對我說過的話，我不由得煩躁起來，所幸我的Sun才六歲，還不需要面對他，年幼的貴族在七歲的初登場舞會之後才會送往帝國學院上學，那時候我才需要服侍他，因此我還有一年自由的時間。

他卻能在我腦袋嘰嘰喳喳整整一年。

於是我開始懷疑人生。

我真的要成為這個笨蛋的騎士嗎？

他一點貴族的禮儀也沒有，到時候會不會被欺負？要是被其他貴族排擠了，接下來在學校的日子自然不好過，我們的學區是分開的，我沒辦法一直照顧他，聽起來他家的貴族地位也不怎麼高，而且長得瘦小還挑食，平時又調皮無禮……總說一些他今天又做了哪些惡作劇、今天的餐點有什麼是他討厭的並且預習了哪些學識，還會問我期不期待和他碰面？

他每天都在倒數自己初登場的日子，說很期待見到他的小騎士，每次說這話的時候，他就會一改輕佻的語氣，我想那都是裝的，這種活潑可愛的語氣才是他真正的說話方式……

等等。

可愛？

……好吧，也許比起自大的Sun，我會比較喜歡Sun原本自然的樣子，他應該當不成昏君，他純粹是個笨蛋，一個小笨蛋。

很快初登場的舞會來臨了，這是場歡迎帝國全部滿七歲的小孩即將入學的儀式，我雖然早就超過七歲了，但我與父親擔任舞會的護衛所以也參與了這次的舞會，他一入場我就知道是他。

原來他的頭髮是銀白色的。

看起來真的很瘦小，我想我該勸導他的挑食行為，比起其他人華麗的裝飾，他……的服裝很普通，可是他的一舉一動都吸引著他人的目光。

怎麼會？

因為他是Sun嗎？

他在笑。

正在逗其他緊張的孩子笑。

他的眼睛是金色的，他一笑彷彿雙眼都閃爍著微光，讓人情不自禁地想要望入他的雙眸，那是柔和的、耀眼的……他並非我想像中的無禮，他的舉止姿態都非常符合貴族的禮儀。

他令人心生嚮往。

然而，我的Sun竟然沒有向上面通報，今年唱名覺醒為Sun的孩子總共有六位，差一位，應該是七位才對，缺的就是我的Sun，我以一種不可理喻的目光望向他，而他真的感應到了。

『齊維。』

那是他第一次認真地呼喊我的名字，平時他總是小騎士小騎士那樣喊，他穿過許多人與我對望，以食指輕按住唇。

『噓。』

我忽然感覺到臉上一陣燥熱，這是在幹嘛？我不明白，之後他也沒有機會讓我明白。

我的Sun突然銷聲匿跡，自從舞會結束之後。

他再也沒有在我腦袋中說話，為什麼？是看到我後失望了嗎？我做錯了什麼？為什麼不直接跟我說，我可以改……我……只不過是三天，他三天沒有呼喚我，我就渾身不對勁，所以我試著呼喚Sun。

了無音訊。

這是他給我的考驗嗎？

我不禁這麼想。

我翻遍整個貴族學區都沒有找到他，他怎麼可以？怎麼可以以Sun之音呼喚我之後又擅自離去呢？我無可自拔地想念著Sun的聲音、想念他與我分享的一切、想念他笑嘻嘻地喊我小騎士……想念他的眉眼、笑容、姿態，全部。

我想念我的燦亞大人。

而他不要我了。

他不要我。

因為我曾經偷罵他為笨蛋嗎？還是這是我以前對他充滿不敬的懲罰？我知錯了、我真的知錯了，所以再呼喚我一次好不好？

一次、我必定成為您最忠心、最強大的騎士。

然而另外一頭終究是一片沉寂。

後來兩年過去了，我依然找不到我的燦亞大人，曾經有其他的Sun邀我加入他們的陣營，我拒絕了，也跟他們說我有自己的Sun，我相信燦亞大人仍存在於帝國的某個地方，而那個地方、竟然是學校的平民區。

我因為有事情才路過平民區，卻在庭外走廊感受到熟悉的悸動，我想念已久的人緩緩地向我靠近，我意識到自己正在發顫，他垂下頭勾著他身邊的人走路，我忽然有個想法——想立刻砍掉那個人的手臂，那個位置應該要是我的。

我停下腳步，燦亞大人卻沒有，他沉默地從我旁邊路過，那個人確實是燦亞大人，就算我看不清楚他的面容，可我的心認得。

在那一瞬間，我感受到前所未有的羞恥。

我怎麼找完貴族區就放棄了？為什麼沒有去驗證每一個可能性？燦亞大人現在是平民，那又怎樣，我的靈魂依然向著他，燦亞大人又是因為什麼變成平民？我試著去尋找答案，答案卻越來越模糊，我感覺到不對，或許是有人在陷害燦亞大人。

啊、我終於明白了。

為什麼現在燦亞大人身邊的位置不是我。

因為我還不夠強大。

所以我對自己訂下誓約，只有在成為帝國最強的騎士時才可以與燦亞大人相認，我會以最強的姿態保護我的大人，我只不過是——偶爾跟蹤燦亞大人、偶爾處理欺負燦亞大人的貴族、偶爾看著燦亞大人的睡臉守夜……嗯，燦亞大人的睡顏帝國第一。

偶爾也會故意撞見燦亞大人，看他不知所措地移開目光，繼續假裝不認識。

嗯，可愛。

有一次想要偷偷撞燦亞大人，好來個肢體接觸，結果燦亞大人差點被我撞飛，然後我馬上摟住他……他真的太瘦了，我一不小心直接把他攬抱起來。

他猛地紅了臉跳下來，落荒而逃。

啊，硬了。

燦亞大人、燦亞大人……我以為我耐得住等到我成為帝國最強的那一天，但是我在某天忽然感應到一件事情。

我的 Sun 試圖切斷我們之間的誓約，從覺醒那一刻就產生的靈魂誓約。

Sun 與生來註定的僕役確實只能這麼做，不像後來簽訂的僕役可以隨意取消，專屬騎士需要有條件才能解開誓約，而條件只有僕役會知道，Sun 則有可以提出解約的權利。

我的燦亞大人啊。

你怎麼能如此狠心？

因此我決定了。

我要在狩獵祭就與燦亞大人相認。

即使燦亞大人不要，我也不想管。

請再一次呼喚我吧。

我的 Sun。

／

燦亞覺得自己的逃跑功力算是不錯，但是齊維直接將他攬抱而起，所有人像是說好似的紛紛讓出一條路，他們是眾所矚目的焦點，燦亞不得不抱著巨大的獎盃躲在後面，祈求齊維快點走完這段路程，豈料齊維刻意走得緩慢。

『燦亞大人。』

『我希望您抬起頭接受我帶給您的榮耀。』

『如果這個榮耀不值得您那麼做，那我下次會再挑戰難度更高的，直到您以我為傲。』

燦亞偷偷地往上看，齊維直視著前方，他的目光是如此筆直，如同忠貞的騎士只會向著自己唯一的主人，他在陽光底下的燦爛金髮讓燦亞不由得恍神，深邃的眉眼和拉平的嘴角使他看起來格外肅然，從燦亞這個角度來看，剛毅的下顎線條顯得陽剛性感，燦亞乾脆地收回視線，靠在結實的胸膛上輕聲嘆息，他的騎士是如此的完美。

——你已經是大家的驕傲了。

——何必回來找我呢？

燦亞在心裡默默地想，然而隨後傳來的心聲也擾亂了他。

『燦亞大人沒有回應。』

『我沒資格成為燦亞大人的驕傲。』

『下次去屠龍好了，還是獵下神獸？』

「傷害神獸是大罪。」

齊維的神情終於有了一絲變化，懷裡的聲音很小，但他不可能錯過燦亞大人的每一句話或是每一個動作，他聽出燦亞話中的無奈，卻止不住笑意，因為他想念已久的 Sun 正待在他的懷裡，哪裡也不能去，而他的另外一頭，終於有人會回覆他了。

「抱歉，我又忘記收斂心聲了。」

這次他是用講的，低沉的嗓音帶著笑意鼓動胸腔，燦亞被震得有些害羞，他才不信他的道歉，天曉得他若沒有打斷男人的思緒，他還會有什麼令人驚恐的犯罪思想。燦亞知道齊維一直以來表現得都是一名嚴肅、正經而又冷漠的優秀騎士，相信齊維現在溫柔的表情一定會成為明天學校的頭條，但燦亞並不想要成為頭條的其中之一。

他真的不想。

不想成為齊維的汙點。

可是事情都已經發生了，又能怎麼辦呢？

燦亞一直以為自己已經放下了身為貴族的傲氣，無欲無求、無念無想，就算被人欺負、嘲笑也能毫不在乎，帝國的風氣就是如此，貴族理所當然地壓榨平民，平民理所當然地歧視奴隸，身為由貴族貶為平民的他也理所當然地在一開始收到許多嘲笑與欺辱。

他曾經埋怨過一切，試圖維持那可笑的自尊心，但看著那群人的嘴臉，燦亞忽然想起曾經有那麼一個人，理所當然地呼喚著他。

而他不想要讓那個人失望。

起碼不想以那種嘴臉傳到他的耳裡。

燦亞只希望自己能在一個他不知曉的地方，看齊維為某個人成就榮耀，他想，那一定會是很美好的光景，看啊、看啊，那個完美又帥氣的騎士，很厲害吧！

齊維一定不知道，是他成就了現在的燦亞。

燦亞覺得現在的自己過得很好，因為他已經將過去的自己抹滅殆盡，他也不需要了，然而重拾貴族的姿態又是如此容易，那是存在於天生的氣質，即使抹滅了也無法徹底消失。

能怎麼辦呢？

不能成為齊維的汙點啊。

燦亞透過獎盃的邊角空隙看到一群人阻擋在他們的面前，儼然一副砸場的模樣，燦亞用膝蓋想也知道他們一定是對自己不滿，要求齊維給個解釋。

可齊維是誰，他直接繞開了。

「齊維，站住！」

為首的人高喊，燦亞知道他是誰，他就是不斷糾纏著齊維希望他加入自己陣營的 Sun，齊維仍是不為所動，那人便喊了自己的騎士。

「海爾，攔住他們！」

燦亞覺得自己轉了個圈。

等回過神來就看到齊維折斷了對方的劍，將人壓制在地，而燦亞被齊維穩固地按在懷中，他被保護得很好，齊維凶狠地瞪向所有人，像隻護食的野獸。

「竟然有以劍指向我的 Sun 的勇氣，那麼，也要做好被我殺死的覺悟。」

「海爾！」那人氣得脖子都紅了，「齊維，我現在命令你，給我放開我的騎士！」

齊維輕鬆地將底下的掙扎化為烏有，只留慘叫，他感覺到懷中的人一顫，皺起眉打算迅速離開這裡，看來要讓他的Sun坦然接受他需要一段時間，離開前齊維欲留威脅，但才剛要開口，燦亞便伸出手按住他的唇瓣，然後齊維就傻了，忍不住伸舌頭嚐嚐燦亞的手指。

燦亞淡定地收回手，故作妖嬈姿態摟住齊維的脖子，躺在他的懷裡，故意手滑將獎盃掉落在海爾的背上，發出響亮的砸聲。

「哎呀。」

燦亞揚起嘴角，聲音不大不小，卻足以傳進那人的耳裡。

「考伯頓，您並沒有資格命令我的騎士。」

「是你！」考伯頓怒指著燦亞，一臉不可置信：「你這平民怎麼會……！啊、啊，我知道了！一定是你這平民的陰險詭計！不然齊維怎麼可能會聽你的話！」

真的假的？這麼順利。

燦亞實在是不曉得考伯頓是太單純還是太笨。考伯頓．庫克是典型的高傲貴族，曾經嘲笑他的其中一人。即使過了那麼久，其他人幾乎都把他遺忘了，這傢伙依然不管何時何地一看見他就會嘲諷，所以燦亞就想乾脆裝成一個糟糕的人。

至少汙點就會是自己的了。

「誰知道呢？因為我很有魅力吧。」

燦亞貼上齊維的臉頰撫摸，刻意引起眾人的不滿，現在的他再也不是受人欺負依然能好聲好氣的少年了，他將貴族的優雅與慵懶拿捏得恰到好處，像隻高傲受寵的小貓咪俯視他人，燦亞能夠聽見越來越多人在竊竊私語，很好，這樣很好，一切都按照他想的發展。

他卻忘記某個人不在他的計畫中了。

那一聲聲的燦亞大人擾得他頭疼，齊維甚至不顧形象露出羞澀的模樣蹭著他，男人摟得越來越緊，還在他的耳邊粗喘。

「燦亞大人、燦亞大人、燦亞大人……您終於接受我了嗎？」

「喜歡您……燦亞大人……您確實是世界上最有魅力的人……」

「燦亞大人……哈啊、我可以帶您離開這裡了嗎？」

救命。

為什麼喘息成這樣？

離開這裡去哪裡、做什麼？

不好吧。

請留在這裡。

燦亞在心中不斷吶喊，他轉念想齊維這個樣子更能讓人相信是他這個邪惡平民做了什麼，只好接受齊維的撒嬌。

「可以。如你所願。」

燦亞刻意以挑釁的眼神瞥向考伯頓，明明唇瓣緊貼著齊維的耳邊，聲音卻明亮，像是在說給所有人聽。

「——我親愛又忠誠的騎士。」

場景一、感受到燦亞呼吸與聲音就在耳側的齊維猛地吹出口哨聲。

場景二、一匹白色的駿馬忽然躍過眾人來到齊維的面前。

場景三、燦亞被抱到馬上，齊維跟著上馬，在眾目睽睽之下帥氣駕馬離去。

整個過程花不到一分鐘。

離開大家的視野範圍後，燦亞很想對齊維說可以放他下來，但齊維的心聲再度暴走，八成也聽不進去他要說的話。

『燦亞大人燦亞大人燦亞大人我是燦亞大人親愛又忠誠的騎士嗷嗷嗷嗷——』

齊維看起來有夠開心的。

像隻終於與主人重逢所以開心得蹦蹦跳跳的大狗狗。

眼前的畫面配上齊維燦爛的笑顏，燦亞頓時不知道該怎麼說。往上看，金燦的髮絲於空中飛揚，齊維注視著他時那眼中的藍或許比他背後的藍天還要澄澈，他的騎士很耀眼，非常適合生活在明朗的陽光底下，也很適合眾人的簇擁歡呼，而不是莫名其妙的質疑。

燦亞在那一瞬間還有一點愧疚。

不久後，那一點愧疚沒有了。

完全沒有。

因為他正被他的騎士堵在門邊，哪也去不了。

本來燦亞還在思考要怎麼開口，可齊維根本沒有給他開口的機會，他們來到一棟簡約整潔的宅邸前，齊維很自然地將馬兒交給前來的管家，接著就抱著燦亞走進宅內，裡頭的僕人形成兩排恭迎齊維的歸來，像是沒看見齊維懷抱裡的人，隨著齊維的吩咐迅速散去。

燦亞知道騎士之間也有階級之分，有的地位甚至比一些貴族還要高，想必齊維就是那樣的存在了，所以這麼優秀的齊維，究竟為什麼要做出把他關在房間裡還堵著他的流氓舉動呢？

而且還靠在他的頸邊發出有點情色的急促呼吸聲。

『燦亞大人接受我了燦亞大人接受我了燦亞大人接受我了……可以碰燦亞大人嗎可以抱燦亞大人嗎好想念燦亞大人……燦亞大人就在我的懷裡、呵……』

事情好像往有點變態的方向發展了。

那股打從心底的愉悅笑音讓燦亞起了雞皮疙瘩。

「齊、齊維？」

「是？」

齊維偏頭，臉上浮起可疑的潮紅，眼中的澄澈彷彿是燦亞剛才的錯覺，那抹藍又沉又重，藍天向他張牙舞爪，是過分晴朗的藍、令人暈眩的藍。偏偏面前的人長相帥氣，這臉紅的模樣莫名勾人，燦亞立即撇開視線，注意到這裡應該是齊維的房間後更絕望了，此處是齊維最私密的空間，他能逃去哪裡？只能裝傻地問：「這裡是你家嗎？」

「不。」齊維退開一點，半垂眼簾望著燦亞，又是一笑：「是燦亞大人的。這棟房子、房子裡的每位僕人……包括我，都是屬於燦亞大人的。」

「我不需要。」燦亞試著冷漠拒絕，卻發現齊維還在笑，「……你有在聽嗎？」

「嗯嗯。」齊維緩緩收起笑容，忽然低聲呢喃：「嗯，燦亞大人太小了，我會吃掉……我能吃掉嗎？感覺就這麼抱住燦亞大人，大人會碎掉……」

人體有那麼脆弱嗎？

有。

燦亞極力想要後退，可後面就是門，他根本退不了。

「齊維、你先聽我說，我剛才那樣是因為……等、你別壓過來……」燦亞被高大又壯碩的身軀壓制，完全被齊維的氣息包圍，那是一股好聞的味道，耳邊似乎還被什麼柔軟的東西擦過，下半身彼此也都貼在一起，燦亞甚至能感覺到某種硬物抵著他，這對十五歲的少年刺激過大，情急之下，燦亞命令道：「退下，齊維，我沒說可以！」

齊維立刻放開燦亞，後退三小步，表情卻還是不太對勁。

『燦亞大人的……命令！我差點射了，呵呵哈呵……』

燦亞好絕望。

「你能不能冷靜一點？我們需要好好談一談……」

「燦亞大人不要我的時候，有想和我談一談嗎？」

燦亞怔住，馬上收起不必要的愧疚，冷冷地道：「這是我的權力，你好像對我有所誤會，我——嗯？」

齊維突然遞出一條項鍊，上面掛著小小的玻璃瓶，裝有摺起來的紙張和一顆淡藍色寶石，「這個，獻給燦亞大人。」

燦亞並沒有收下，問：「這是？」

「我的傳家之寶。」

「欸？」

齊維趁燦亞愣神時硬塞在他的手裡，跪下來說：「請懲罰我吧，燦亞大人。雖然我從小就接受控制心聲的訓練，但有時候忍不住，就需要這個，這條項鍊能夠阻擋我的心聲，所以以前在偶遇燦亞大人時，燦亞大人才沒有聽到我那激昂的忠誠之心……！」

「那你戴好。」燦亞親自幫齊維戴回去，真摯地說：「請戴好。」

「不！」齊維一把扯下項鍊扔到一旁，「我再也不需要這個了！說來慚愧，我本來打算成為帝國最強的騎士再將榮耀獻給您，但是燦亞大人……燦亞大人您怎麼能……」

哭了。

齊維說到最後委屈地在掉淚。

燦亞看到那淚水掉下來特別慌張，不是，這是他完全沒有想到的發展。如果說這是在演戲的話，他應該能夠聽到齊維的心聲，可是現在腦中非常安靜，只有齊維的啜泣聲在這個空間環繞。

「你不需要我了。」燦亞無可奈何，蹲下來拿衣袖抹去齊維的淚水，嘆著氣說：「我也不需要你。聽著，齊維，現在還來得及，我們當面解除——」

「燦亞大人，您還不明白嗎？」齊維一把抓住燦亞的手，眼淚說收就收，他笑了笑，笑容又是那麼燦爛：「我這一輩子都沒打算放過你、不，我這一輩子都只服侍您一個人。」

燦亞確實不明白，「哪一點？」

「什麼？」

「我哪一點值得你這麼做？我已經是平民了，就算覺醒為Sun又如何？你要我去參加考驗嗎？要我這種人去當王嗎？你的榮耀，不該是獻給我這種人。」

「燦亞大人，您真的不明白。」齊維將燦亞拽向自己，他抱住失而復得的主人沉聲說道：「您就是我的榮耀，不論您的身分為何，我都只鍾愛您一人，您永遠是我的Sun、我的太陽、我的君主、我的一切。」

「那是你從小的騎士教育……」

「是，我們家族世世代代都身為騎士，但我也跟父親說過了，我要和燦亞大人結、不是，我要永遠追隨燦亞大人。」

「不要以為我沒聽到你說錯的話……」

「燦亞大人。」齊維假裝自己沒有失誤，抱著燦亞放到床邊，替他脫下鞋子，說：「我想您還需要知道一件事情。」

「……你說。」

齊維抬頭望向他的主人，維持著燦爛的笑顏說：「您現在叫破喉嚨也不會有人來救您的。」

哇。

哇哇哇。

直接不裝了。

燦亞頭疼地問：「你的騎士道呢？」

「呵哈。」齊維褪去燦亞的襪子，輕輕揉捏在手裡的腳掌，接著低頭蹭上去，貼在燦亞的腳踝處笑道：「我的主人不要我了，渴望主人的棄犬只能緊緊咬住，不是嗎？」

「所以我們之間可能有誤會，我——」

『燦亞大人在我床上、燦亞大人好香。眼睛好漂亮，銀白色的髮絲好美麗，想埋進燦亞大人的小身軀，好小好小會被我捏碎，燦亞大人十五歲了，還沒成年沒關係，啊……還沒成年聽起來好色，不過十五歲已經可以嫁人了，我要娶回家娶回家……』

那瘋了般的心聲徹底打斷燦亞想說的話。

燦亞忍不住紅了臉，直呼：「停住，停。去把項鍊撿回來戴上，是命令。」

一聽是命令，齊維便乖乖地把項鍊撿回來。

燦亞摸著自己的臉龐，眨了眨眼，回憶著過往，記得他們才見過一次……不過，是他這張臉。這張漂亮又不失少年感的臉，而他銀白色的頭髮確實少見，於陽光下會顯得特別閃耀，在瀏海底下的是金色的眼眸，也是雙美麗的眼睛，燦亞為此困擾，因此大部分時間都留著長瀏海，用來遮住自己以平民來說過於漂亮的臉蛋。

「你喜歡……我的臉？所以，對我是……那種喜歡？」

齊維微笑，目光黏著臉紅的燦亞，笑得滿意：「燦亞大人的每一部分我都喜歡。您知道您自己的臉很完美這點也很棒呢。」

「要說的話，Sun 和騎士是不可能在一起的。」

「這樣啊？」齊維的手逐漸放肆，從燦亞的腳踝緩緩滑上，「我們成為先例不就行了嗎？」

「你怎麼會變成這樣……」燦亞一顫，深感遺憾：「以前你，對我愛理不理的。」

「不能怪我，我原本也想一步一步來的。」齊維聳肩，「誰叫我的主人隨便拋棄我，我只能發瘋了。」

燦亞大嘆一口氣，他還沒整理好心情，只好先退一步說：「我不解除我們的關係，你能不能放過我？」

齊維微笑：「不要。」

「至少在學校不要跟我接觸。」

齊維依然微笑：「不要。」

「齊維。」燦亞終究還是搬出了Sun的身分說：「身為騎士，怎麼能違背主人的命令？」

「您終於要承認您是我的主人了？如果您承認並且承諾再也不拋棄我，那麼我就聽您的。」

燦亞皺眉，對於齊維的討價還價很是無奈，「你會後悔，我真的一無所有。」

「您有我啊，燦亞大人。」齊維也以騎士的身分說：「只要您想，我能夠把整個帝國給您。」

「不需要。」燦亞又是拒絕，直說他的條件：「我不想太高調，以後也不要在那種場合下和我搭話，就算之後有人找我麻煩你也不要插手，等風頭過了大家自然會忘記我，你就說我在勾引你，你被我，嗯，我的美貌蒙蔽了雙眼。」

「怎麼勾引？燦亞大人可以示範給我看嗎？」

真的是一隻很會討價還價的棄犬。

燦亞累了，決定施捨這隻可憐的棄犬。

張開雙臂投懷送抱。

燦亞主動抱住齊維，以溫柔的聲線說：「……很高興你變得如此強大，我希望你可以走得更遠。我知道，小時候你為了成為優秀的騎士，一定經過很多辛苦的訓練吧？你做得很好，你未來會更好。」

「燦亞大人……」

「你不能停留在我這，你要去為更好的人獻出你的忠誠。」

「燦——」

「知道。」燦亞按住齊維的肩膀，退開後才發現齊維滿臉通紅，雙眼含淚，手也無措地僵在空中，他不由得笑道：「說這些，只是我的期望。我曾希望我能在遙遠的地方，看著優秀的你奪下榮耀。你沒有變，但我變了，除了這皮囊，你確定要的是我嗎？我沒辦法讓你為我加冕，沒辦法讓你成為王的騎士。」

齊維搖搖頭，「燦亞大人，我想像了您做壞事的樣子，跟隨那樣的您我也願意，您就是我的道德底線，您若是想墮落，我就一起墮落。」

燦亞看著眼前的瘋子，真心說：「你，病得不輕。」

齊維坦蕩接受這評語：「是呀。」

「總之，在外面不要這樣。」燦亞嘆息，道出結論，「我沒說可以，你也不能對我亂來。」

「……」

「回答呢？」

「是，我的Sun。」

「項鍊也要戴好，你的心聲會干擾到我。」燦亞向齊維伸出手，「達成協議？」

齊維並沒有回應燦亞伸來的手，「這不是協議，而是燦亞大人的命令，對吧？」

燦亞想起自己的身分，收回手回應：「嗯。」

就當燦亞以為他們之間的對話順利結束時，齊維忽然又靠近說：「燦亞大人是不是在想拖一天算一天，總有一天，我會放棄？」

燦亞也沒反駁，坦率地又嗯了聲。

「您完全可以利用我的。您就不懷疑嗎？」齊維問，「為什麼歐塔克突然被貶為平民？這個消息甚至沒有人知道，若不是您的朋友多話，不會有人知道您以前是貴族，所有的線索都被封——」

「齊維。」

燦亞的聲音驀地變冷了。

他高高在上地以Sun之姿說：「不准繼續查下去，也不准再說了，這是命令。」

齊維一愣，隨即垂首應：「是，是我踰矩了，非常抱歉。」

『燦亞大人命令我的樣子好性感好美麗，我要勃——』

突如其來的心聲又打斷氣氛，燦亞瞥見不知道什麼時候被丟在地上的項鍊，怒問：「項鍊給我戴好！」

「怎麼會弄掉呢。」齊維撿起來，握在掌心裡，一用力便發出了碎掉的聲音，「哎呀，不小心捏碎了。」

「這不是你的傳家之寶嗎？」

燦亞驚呼，還要他趕緊張開手，果不其然，手掌被碎玻璃刺傷了，除了玻璃，藍色的寶石也都碎了，齊維卻一副不在乎地說：「父親會理解的。燦亞大人，可以把我手上的那張紙攤開來看嗎？」

燦亞思慮幾秒才拿起那張沾血的紙張，攤開來後卻愣住了。

「這什麼？」

齊維笑得無比燦爛：「結婚申請書。」

「……你把結婚申請書塞在這裡面然後隨身攜帶？」

「呵呵。」

怎麼辦。

這名騎士真的有病。

燦亞以為齊維來找他是對他還抱有期待，比如說想勸他去參加即將舉辦的王的考驗，如果他成功了，齊維也能得到騎士最高的榮耀。

此刻卻跟那些完全沒有關係。

齊維就是單純的瘋子，但燦亞也沒有打算接受齊維的感情。他摀著臉思慮許久，最後終於下定決心，抹把臉，蹲在齊維的面前看著他。

「齊維。」

「是？」

「你長得很帥，說實話我很喜歡，也很欣賞你的優秀。」

齊維微微啟唇，在他說話之前，燦亞先一步道：「如果我沒有被貶為平民，可能會成長為臭屁又自戀的Sun，就像考伯頓，動不動就說我是你的王、我的騎士……還會隨意地指使你。」

齊維像是憶起過往，笑回：「那樣的燦亞大人也很可愛。」

燦亞撓著自己的頭髮，將髮絲撩到耳後，目光筆直地向著齊維，也笑了。

「說實話要我現在去爭取，我也不是做不到，但人要有分寸，我不想站到那個位置。」

這話聽起來相當自大，可那是燦亞，齊維自然是相信，「您的意思是您有那個能力，只是您不想。」

沉默持續了三秒。

小小的笑音劃破了寧靜。

齊維看到他的Sun在笑，那是一抹充滿自信又桀驁不馴的笑容。他站起來，重新坐回床邊，挺直背脊，翹著腿笑說：「我是歐塔克之子，燦亞·歐塔克。我滿足於現在的生活，不希望有任何人破壞，聽懂了嗎？」

騎士的血液在沸騰，亦或者沸騰的是齊維的心跳。

「是。」

「不要試圖了解我、探究我，站在你該站的位置，齊維。我從這個房間踏出去後，只要我沒主動找你，不准再和我搭話。」

「是。」

「控制好你的心聲，做得到嗎？」

「是。」

「想要獎勵嗎？」

齊維倏地抬起頭，渴求地望著他的主人。只見他的主人挑起他的下顎，靠過來以氣音輕聲道：「我的太陽記號在左下腹，想不想看？」

齊維嚥下唾液，點頭。

「聽話就讓你看，要摸也行。」燦亞的拇指刻意擦過齊維的下唇，「一個月後我會再來，記住我的命令，我的騎士。」

燦亞盡可能地維持高傲的態度，講完後便撇下齊維走出去，所幸齊維沒有追上來，宅邸的其他人也沒有阻擋他，他成功逃出後不禁鬆了口氣，天曉得他刻意擺出的姿態會不會看起來很彆扭，然而才剛這麼想，某個人爆發的心聲就讓他知道他演得非常成功。

『喜歡喜歡喜歡喜歡喜歡喜歡勃起了好硬大勃起——燦亞大人好色，喜歡喜歡喜歡！怎麼辦今天的配菜也太棒了吧我這麼幸福是可以的嗎喜歡燦亞大人我是燦亞大人的狗嗷嗚汪汪汪汪汪——』

燦亞紅著臉提醒：『齊維，心聲。』

『……抱歉，我會收斂的。唔啊燦亞大人的聲音喜歡、呃咳，請給我一點時間。我太久……不如說，是第一次這麼靠近燦亞大人，我暫時無法準確地控制我的心……』

『我是燦亞大人的狗，絕對會聽話的。』

『請不要、一個月後，請不要棄我不顧。』

燦亞沒有回應他。

只是在擔心一個月後的自己頭會多痛。

／

燦亞最近過得不是很好。

首先，每天都會有人來找碴。

其次，每天也都會有人來告白。

因為這些日子以來他有意做了許多讓自己成為萬人迷的行為。

比如精心打扮、多露出笑容、常出沒於多人的場合、展現樂心助人的一面、對每個人都溫柔體貼、有意無意地用眼神勾引偷偷注視著他的所有人……面對來逼問他和齊維是什麼關係的人也故意露出嬌弱無辜的一面，要是對方惱羞成怒，他就順應用皮肉傷來爭取他人的同情，漸漸地，開始有人會為他站出來，不知不覺形成貴族與平民之間更嚴重的紛爭。

前者是考伯頓派，後者為燦亞派，當然也有立場相反的人，兩方都有各自的擁護者。有的較為理智高尚的貴族就沒有參與這種可笑的鬥爭，有的貴族則也貪圖燦亞的美色，想用錢來買下他。

燦亞拒絕了。

結果又得到惱羞成怒的貴族。

沒事。

就算受傷了也無法抵擋住他的耀眼，不如說，引起更多的同情與注意更好，這就是燦亞要的效果。

來吧、看吧！他這張受到傷害的漂亮臉蛋！

飄吧、飛吧！他這耀眼美麗的銀色髮絲！

掀吧、露吧！他這精瘦有型的的完美身材！

來吧、看吧！他這不輸給任何貴族的氣質！

來喜歡他吧、同情他吧、迷戀他吧！

看是什麼樣的妖豔賤貨勾引齊維！這名妖豔賤貨是否真的有那個姿色？都來看吧！

做完這些事的燦亞每次回到家想到自己高調可笑的各種舉動就會突然用拳頭砸牆、砸門或砸床，因為實在是太丟臉了、太羞恥了，他還會悶在枕頭裡大聲嘶吼，走出房間看到被嘶吼聲嚇到的父親也總只是生無可戀地說：「青春期，請別問。」

「喔……快來吃飯。」萊洛點點頭表示理解，但還是忍不住問：「你是不是在學校——」

燦亞在飯桌前乖乖坐下，盡量以有禮的口吻來回答：「請不要過問，我現在是很脆弱很敏感的狀態。」

「喔……」萊洛吃了口飯，又說：「你要是真的遇到——」

「父親！」燦亞打斷萊洛的話，突然大力稱讚：「今天的飯菜非常美味！」

萊洛一愣，先是接受稱讚：「謝謝？」

「但這道菜我不喜歡。」

「不能挑食。」

「對。」燦亞十分同意，隨便找個理由譴責自己：「挑食的我真是太令人失望了。」

「咦？」萊洛試圖安慰兒子：「其實也沒那麼嚴重……」

「我罪該萬死。」

「每、每個人都有不喜歡的口味嘛。」

燦亞絕望地搖頭，彷彿真的對挑食的自己非常失望，一邊低聲碎念：「我怎麼能那麼招搖，我們的一世英名……」

「欸，燦亞你不喜歡吃這道菜的事情很多人知道嗎？」

「父親你會對我失望的。」

「呃、不至於，只不過是不喜歡吃這道菜……」

燦亞忽然換個問題，向父親湊近問：「父親你覺得我長得怎麼樣？」

萊洛眨眨眼，看著自己完美的兒子真誠地稱讚：「很完美。」

「對，我這張臉怎麼就這麼完美？」

完美到太多人注意到他了，達成超乎預期的效果。

眼見兒子聽到稱讚後反而露出更絕望的神情，萊洛默默地心想、孩子的青春期果然是家長的難題，該怎麼辦？

這個困惑也困擾了萊洛快一個月。

沒錯，快一個月了。

燦亞根本還沒想好要怎麼應付他的瘋子騎士，眼下的情況只能先盡力讓「他這個可惡又漂亮的賤人勾引了齊維，但齊維現在已經清醒」這件事成為事實，只要大家相信，齊維就能從謠言中全身而退，他這個汙點也能從齊維的人生中退出。

前提是齊維會讓他退出。

他不知道給齊維看他身上的太陽記號後會發生什麼事情。

齊維會不會得寸進尺。

會。

一定會。

而他要怎麼從齊維一寸一尺的逼近下逃離就是他人生中最大的難題。

齊維可以不在乎自己的名聲。

但他做不到。

不管怎麼說，他依然認為他的騎士是適合生活在陽光底下的人，再加上只要齊維還在他的身邊，他的人生將無法再回到以往和平的日子，那太累了，他不想要，也不認為齊維對他來說有那個價值，值到他可以放棄現有的一切去換取齊維整個人。

殘忍的Sun啊。

正在以最溫和的方式丟棄他的專屬騎士，連騎士的情感也毫不留情地拿來利用。

燦亞可以為了達成目的給一點甜頭，如果……如果，齊維要的是愛情，他可以施捨，齊維要的是肉體的歡愉，他也可以給，但若要他的心、他的一切、他Sun的身分……燦亞給不了。

要是真的沒有辦法了，就逃吧。

逃離這個地方。

好好地和父親說明後，去一個人生地不熟的地方重新展開。

他做過一次了，要再一次也行。

燦亞可以拋棄歐塔克，可無法接受歐塔克的名聲繼續變壞，他寧願低調到任何人都不知道也不想要以壞名聲張揚出去。或許歐塔克總有一天會被遺忘，因為他只不過是個小人物，所以只要繼續維持平淡的日子，燦亞就不在乎那些人刻意提起歐塔克想嘲笑他的舉動，然而跟齊維在一起一舉一動都會被迫放大，歐塔克也會因為優秀的齊維被人們記住。

真是夠了。

齊維的出現就是個大麻煩。

齊維做什麼都無法挽回的，畢竟他的優秀大家有目共睹。

估計齊維怎麼樣都想不到自己是因為過於優秀而被拋棄。

他確實是很優秀的騎士，這一個月以來都有遵從燦亞的命令，燦亞沒有再聽到他的心聲，就連齊維的身影都很少見到，並且相當配合燦亞的計畫，有一次齊維剛好撞見眾人包圍燦亞的場合，那個時候燦亞還沒有出聲，齊維便視若無睹地離開，將他高冷的模樣重新端出，從那之後大家就開始相信齊維只是暫時被這漂亮的賤人勾引，現在清醒了，還對賤人見死不救。

那麼一定是這漂亮的賤人用了不正當的手段勾引齊維。

有時候燦亞會覺得大家是不是都是笨蛋？還是說，他和齊維的演技太好了？

總之，幸好一切都往他希望的方向發展。

除了齊維的想法，燦亞實在是猜不透。

一個月過去了，今天就是燦亞要給齊維獎勵的日子。

他做好心理準備了，失去貞潔的心理準備。

只不過是交歡……眼一閉就過了吧？

十五歲的燦亞這麼想，但一整天都處於緊張的狀態——

「燦亞，你還好嗎？」

聽到友人的呼喚，燦亞從交歡兩個字瞬間抽離。他的視線往下，看見友人一臉擔憂，燦亞先是回應：「沒事，怎麼了？」

「感覺你看起來很疲憊……」

「還好，只是昨天沒睡飽。」燦亞看向對方貼過來的手，退一步拉開距離，「是說，我不是要你最近別跟我走在一起嗎？」

「你怎麼又說那種話？我才不在乎別人怎麼說你。你是我最好的朋友呀，燦亞。」

「謝謝你，但我不想連累到你。」

「不會啦，你看我有受傷嗎？而且也是因為我之前不小心說出你是貴族……」

「夏普，你只是說出事實，又沒有說謊，不用再自責了。」

是。

就是他。

不小心將燦亞以前是貴族的這件事說出來的人。

其實並不是所有平民都能夠就讀帝國學院，平民的孩子需要經過考核才能擁有入學的資格。帝國對於人才的培育相當積極，雖然在表面上說用才不分貴族還是平民，但平民要爬上去仍然有難度。

平民有兩種選擇，第一、騎士學院，第二、平民學院，唯有騎士學院是貴族與平民混合共讀的學院，難免會有階級的問題，裡面的人分有騎士世家、地位偏低的貴族和一般平民，有些貴族也可以靠騎士的功勞翻新家族的地位，平民也是，故騎士學院是三所學院裡人最多的。

平民抉擇完學院後的第一個關卡是學院的入學考試，而騎士學院要再加上體力測試，當然，一名七歲的孩子能有什麼了不起的才智？所以考試的難度並不難，也有提供一年一次的補考，到十歲以前都還有機會。對平民來說難的是未來的日子，往後的成績若是沒有達到一定的程度就會被退學，貴族則是在哪個學院都有保障，不必擔心。

那麼夏普又是怎麼認出燦亞的？

騎士學院與平民學院考核成績出來的第一名將各自作為代表參加初登場舞會。身為平民學院第一名的夏普便對當時的燦亞有印象，所以一眼就認出靠補考機會進來平民學院的燦亞。

當時的夏普是很聰明的孩子，但僅限於學術方面。

他當著許多人的面問燦亞怎麼會來平民學院，還多虧他過目不忘的本領，知曉每個貴族的姓氏，姓氏對上了臉，便道出歐塔克這個大部分的人都不曉得的姓氏。

「你不是燦亞．歐塔克嗎？為什麼會來這？」

只有貴族能擁有能夠流傳下去的姓氏，姓氏也只有皇室能夠賜予。

很快的，燦亞是被貶為平民的貴族這件事流傳出去了。

夏普親眼看到因此備受欺辱的燦亞才得知自己說錯話，從那之後，他的個性一百八十度大轉變，也是在那之後黏上燦亞，在別人眼裡他就是燦亞的小跟班。他長得較為嬌小，長滿雀斑的臉讓他看起來更加稚嫩，不過當燦亞遇到麻煩時他都會第一個站出來保護燦亞。

燦亞不會主動接近其他人，但並不排斥和同為平民的人交朋友，夏普就是他唯一可以稱得上朋友的男性，以前的事他也沒有特別計較，事情都發生了，怪夏普也沒有用，何況夏普也以自己的方式在挽回他的錯誤。

比起齊維，燦亞的確對他的朋友較為寬容，還多說了幾句安慰夏普。

「沒什麼好擔心的，夏普，這些事很快就會結束了。」燦亞拍了拍友人的背，揚起微笑說：「快點走吧，我們還要去馬場呢。」

「唔，他們是不會自己清理喔！還要耽誤我們回家的時間……」

「我們是平民，只能認命。」

不成文的規定。

平民要幫忙整理騎士訓練的馬場，有時候甚至要幫忙照顧馬兒，很可笑，但這就是從以前流傳下來的陋習，幾乎所有粗活都有平民的份，用才不分貴族還是平民根本就是個笑話，平民的道路上有著重重難關，然而也是有平民自願攬下這種破事，只為了看齊維一眼。

齊維從來不把自己的事交給其他人，也不和其他騎士交流。

現在留在馬場的人都是為了欣賞帥哥幫帥馬洗澡的養眼畫面。

燦亞僅瞥了眼遠處的齊維，接著轉頭和夏普幫其他騎士做事，也還好夏普沒有多問他和齊維之間的關係，反正謠言傳得到處都是，想知道很容易。此刻也很多視線在齊維和燦亞之間徘徊，過了許久，兩人依然像是沒有看見彼此，可能看在齊維的面子上，沒有人敢上去跟他們搭話，於是燦亞就這麼頂著眾人的目光沉默地抱著桶子去裝水。

有人跟著他。

燦亞回過頭，看到熟悉的人便停下腳步，而對方也沒有要閃躲的意思。

「抱歉，我的主人吩咐我，只要看到你落單，一定要跟他說。」

燦亞想了一會才想起這人的名字。

海爾。考伯頓的騎士。

「無妨。」

燦亞放下桶子，發現不遠處還有急急忙忙跑來的夏普，肯定是看他不見了怕他又受到欺負而跑來吧。燦亞嘆口氣，把夏普拉來身邊並囑咐他等會不要亂插嘴，再怎麼說，考伯頓．

庫克背後的家族可是很有分量，加上考伯頓是Sun，不是他們惹得起的人。

不久後，考伯頓來了，一上來就對燦亞說：「竟然要我親自來，你這平民好大的膽子。我要求決鬥，我贏了，你要把齊維給我。」

考伯頓這一個月以來也透過其他人向他發出多次的決鬥申請，燦亞都拒絕了。這次本人來，燦亞照樣拒絕。

「這不是我能決定的事情。」

「你不是齊維的Sun嗎？」

「我為了勾引齊維假裝成Sun的事情沒有傳到你耳裡？」

考伯頓瞇起眼睛，一副就不怎麼相信的樣子。

「我後來想了想，發現有太多可疑的地方了。」考伯頓環著胸，他看了眼身邊的騎士，海爾向他點頭，考伯頓便以高傲的姿態繼續說：「輸的人除了要交出騎士之外，還要在現場脫掉衣服，我倒要看看你身上有沒有太陽的記號。」

考伯頓比燦亞想得還要聰明。

他大可現在命令人壓住他、扒光他的衣服進行確認，可他沒有。假如他真是齊維的Sun，對他做出如此的舉動就是對齊維不敬，他將永遠無法得到齊維的忠誠，但決鬥是正當的手段，而且以騎士作為賭注是很常見的事情。

考伯頓真有那麼聰明嗎？

還是說，這些想法出自於他的騎士？

燦亞多次發現考伯頓的視線一直飄向海爾，不過真相如何也不是他需要在意的點。他屢次拉住想要出去吠叫的夏普，對考伯頓的答案不變。

「我拒絕。我沒有理由更沒有資格與您進行對決，您是貴族，而我只是平民，考伯頓大人。」

「哈、大人？也是，你就是個平民。」考伯頓不懷好意地笑了笑，「你以前的姓氏是什麼？歐塔克，是嗎？聽都沒聽過，你肯定沒有做過任何努力吧，就這麼接受自己的身分……可恥。我和你不一樣，我會成為帝國唯一的Sun，給我的家族帶來至高無上的榮耀，不論是齊維還是其他的騎士最終都會歸我所有，而你呢？」

燦亞淡淡地應：「繼續當個恥辱？」

「你……！」

「我不喜歡見血，所以不管您怎麼說，我都不會接受這場決鬥的，考伯頓大人。」

「你就是你家族的恥辱！只是想逃避嗎？」

「我只能逃了。」

「你現在的所作所為只會害了齊維！」

知道。

他正在努力不讓那樣的事情發生啊。

「行吧。」考伯頓撥開自己的紫色長髮，假裝不在乎地說：「我對齊維也感到失望了。如果你說的都是真的，他竟然被你這種貨色勾引……我，可是比你美。」

「……」

「……」

「……」

燦亞再次攔住想要反駁的夏普，而對方也在吵架。

「海爾！你又對我不敬了！說我徒有外表是什麼意思！」

「屬下深感抱歉，暫時沒控制住心聲。」

「下不為例！」

「……是。」

考伯頓・庫克，十七歲，男，臉蛋精緻、身材修長，他的長相偏中性，忽略明顯是男性的骨骼，只看臉可能會誤認是名女性，如果他的個性好一點，估計會相當受歡迎，女神兩個字他絕對撐得起。

「我還以為這招對齊維沒有用。」考伯頓嘀咕，瞪著燦亞說：「說吧，你是用什麼方法勾引齊維的？」

燦亞回想起他不論做什麼齊維都會喊著硬了的畫面，便應：「呼吸？」

「呼吸？」

「我是說，蠻橫地奪去他的呼吸，用舌頭狂甩他的嘴唇。」

「……你在胡說什麼！不知羞恥！」考伯頓臉頰泛紅，怒道：「齊維才不是那種人！」

「——這是在做什麼？」

低沉的聲音突然從旁邊傳來，他們一同看見提著桶子、牽著白馬出場的齊維，他的目光掃過在場的所有人，神情淡漠，彷彿在狩獵祭上對燦亞的執著迷戀都只是一場夢。他僅是再踏出一步，海爾便擋在主人的面前，卻被自己的主人狠狠推開。

「齊維！」

看到齊維，燦亞只有不好的預感，主動問他：『你幹嘛出來？我自己能應付。』

『我只是等不及燦亞大人向我示範勾引我的辦法。請務必用舌頭狂甩我的嘴唇，務必，我的嘴唇和我的舌頭都準備好了。』

『……你從什麼時候開始聽的？』

『從海爾跟你道歉那裡？』

『那不就一開始。』

『呵呵。』

「齊維！我要和你的 Sun 申請決鬥！」

考伯頓大聲地說，努力在齊維面前展現存在感，齊維卻依然冷漠：「他不是我的 Sun，只是那天產生錯覺，有那麼一瞬間把他認為我的 Sun 了。我有我的 Sun，此生已經奉獻給那個人，所以我不明白我為什麼需要特地跟您解釋我反常的原因。」

「我可是考伯頓．庫克！我、我替你懲罰有意侮辱你的平民！他假裝成你的 Sun！」

「不必要。」齊維冷聲道，「我已經原諒他，另外，您對我的事干涉過多了。如果有必要，我會向庫克的家主——」

「不可以！」考伯頓的神情一時摻雜了恐慌與畏懼，他咬牙注視著齊維，還瞪了眼燦亞，最終只好不服氣地離開，「走了，海爾！你這平民不要以為我這樣就會放過你！」

真麻煩。燦亞想。

然後等一下還有一個更大的麻煩等著他。燦亞望向齊維，只見齊維面無表情地向他走來，他們之間卻突然竄出夏普，夏普氣噗噗地擋在燦亞的面前警告齊維：「不准你再靠近燦亞！」

齊維的表情管理非常優秀，他以淡漠的神色傳達自己不滿的心聲：『燦亞大人，這隻狗在對我吠叫，我也想對他吠叫。』

『不行，快離開。』

『考伯頓肯定不會就此放棄，以防萬一，我想教你防身術。』

『不必要，我只是平民。』

『平民也需要——』

『齊維，話太多了。』

『……好幾次看到你被圍住欺負的場景我都忍了下來，誰揍你，誰踢你，我都記得，一個不漏。』

『不准去報復。』

『那我要求更多獎勵。』

『……你知道我家在哪嗎？』

『是。』

『偷偷來，不要被人發現。』

『汪！不對，是！』

他們一邊在心中溝通一邊背對而行，燦亞本來想鬆口氣了，卻又聽到齊維興奮的心聲。

『呼呼，燦亞大人要拿舌頭狂甩我的嘴唇了。』

即便是心聲，燦亞還是忍不住大聲反駁。

『並沒有！』

燦亞的情緒很少有這麼激動的時候，齊維真的是他人生中的最大難關，這不知道是燦亞第幾次的惋嘆，以前那冷靜又成熟的寡言騎士到底去哪了？可是齊維的這一面只有他知道，他更不可能跟其他人分享他的煩惱，因此只能盡快整理好心情，將情緒隱藏起來，以免他身邊的夏普察覺到異狀。

現在夏普就一直回頭瞪視著齊維，直到看不到齊維的身影。燦亞安撫著夏普，勉強為齊維說好話，也大致帶過他和齊維之間的……糾葛？燦亞只說自己喜歡上齊維，用不怎麼光明磊落的方式追求他，齊維當初會那麼高調地把狩獵祭的獎盃也是因為被他騙了，所幸最後齊維有原諒他，而燦亞也向他保證不會再接近他。

燦亞邊說邊承受著夏普極度懷疑的視線。

「所以，你是被愛情一時沖昏了頭？」

「……可以這麼說。」

「燦亞喜歡他那樣的？」

「嗯，不過現在已經清醒過來。」燦亞微微苦笑，對夏普說：「抱歉，讓你失望了？」

「才沒有！人都會被……嘖。」夏普可愛的臉頓時皺在一起，說得心不甘情不願：「好看的東西吸引嘛。像我也是，但之後如果考伯頓那傢伙又來找你麻煩，你一定要跟我說！我絕對不會再放過他……」

「怎麼不放過他？」燦亞再次提醒：「別忘了，他是庫克，我們能對貴族怎樣？」

「我——」

「嗯？」

「好吧你說得對。」夏普撇嘴，抱著胸不太滿意地換個話題問：「是說，燦亞你喜歡又高又帥又壯的類型是嗎？」

「呃。」燦亞也不好反駁，順著答：「嗯。」

「不喜歡可愛型？」

「也沒有不喜歡，要說的話，我是感覺派。」

「但是卻一眼喜歡上齊維？」

「……看來我也是膚淺的人類。」

燦亞無奈地應，話差不多就說到這裡了。他們走回馬場後瞬間引來大家的目光，看來考伯頓又找上燦亞的事情已經傳出去，想必考伯頓也是大搖大擺地走過馬場吧，那糟脾氣大概沒藏住，可能一路上都把氣出在海爾身上，燦亞完全能想像那個畫面，頭不禁又痛起來，可以的話真的想提早回家，離開會被關注的地方，於是和夏普說明後，燦亞試著向他們主要負責的騎士詢問。

「艾米曼爵士，今天我們可以先走嗎？」

打著赤膊的男性聞聲回頭，他沉默地注視燦亞和夏普，手裡拿著刷子，身上還沾了不少泡沫，艾米曼注意到他人的視線，淡淡地應：「嗯，你們光是去打水就去了很久，我自己去了。」

聞言，燦亞立即道歉：「非常抱歉。」

「沒事，我有看到他們在找你們麻煩。」艾米曼拿掛在脖子上的毛巾擦拭雙手，他停頓幾秒，又說：「齊維是很厲害的騎士。我認為，他比想像中還要冷酷，盡量不要跟他扯上關係比較好。」

「是，謝謝提醒。」

「不用謝，與我無關。」艾米曼冷酷地轉身，繼續他的工作，「這只是來自我主子的建議。」

「那請幫我將我的謝意轉達給梅維亞大人。」

艾米曼聽到自己主人的名字才又回眸看了眼燦亞，「嗯。退下吧，今天我自己來就好了。」

燦亞拉著夏普微微彎腰表達謝意，以防其他人厚臉皮地追上來問，他們得到允許後立即閃人，確認沒有人跟上來，兩人才慢下來，繼續邊走邊聊。

校區離市中心有一段距離，只有貴族和騎士有全數提供宿舍位置，平民則是要進行抽選，燦亞由於宿舍費用的關係自動放棄。因為他家也是馬場，飼養的馬兒眾多，需要廣大的地，所以當初選在市中心外的郊區，離校區更遠，意思是燦亞回家一趟要花上一個小時，他就當作這段路程是運動了，並且早已習以為常。

偶爾和夏普一起行動的日子，他們就會一起走到岔路再分開。

「說起來，他第一次跟我們說這麼多話耶，那個艾米曼。」

「爵士。」燦亞幫夏普補充，想了想，同意：「是呢。」

「我記得他的主人是梅維亞……」

「梅維亞．哈爾。」

「啊、對，Sun之中唯一的一名女性。」夏普哼了聲，悄悄瞄向一旁的燦亞，「燦亞你怎麼看？」

「什麼？」

「王的考驗不是快開始了嗎？你覺得誰的勝算最大？嗯、我想想，這次總共有六位，首先三個皇子佔據了三個名額，再來是考伯頓、梅維亞和——」

夏普眨了眨眼，明顯忘記最後一個的名字，燦亞只好又幫他補充說：「霍佐。霍佐．伊白。」

「對！就是他！我記得是他和齊維打得不相上下？」

燦亞一愣，對於自己冒出「齊維不會輸」的念頭感到煩躁，他把齊維的身影從腦中強制拋出，主動反問夏普：「那你呢？夏普覺得會是誰？」

夏普伸著懶腰，雙手放在後腦勺上，毫不猶豫地道：「三皇子吧。」

這個答案出乎意料，燦亞回說：「三皇子？但聽說三皇子沒有自己的騎士。」

「好像有這麼回事？」夏普意外堅持：「我還是要投三皇子一票。」

「理由？」

「因為三皇子跟其他的皇子比起來沒什麼存在感，我賭他是黑馬！那燦亞你呢？投誰？」

「我的話，霍佐大人吧。」

「為什麼？」

「因為他一直是學院裡的第一名。」

「燦亞。」

「嗯？」

到岔路了。

夏普停下來，等燦亞回頭看向他時才笑著說：「你有時候真的是滿無聊的，理由也太乏味了吧。」

「欸？」

「但我就喜歡你這點。」夏普笑了笑，開朗地與燦亞道別：「我走這邊，明天見！」

在禮節上，燦亞跟著抬手揮了揮，但心中已經開始無限質疑夏普的說法。

無聊是指……他講話很無趣嗎？是這樣嗎？

燦亞，十五歲，也是很在意好朋友評論的年紀。

他忍不住嘆息，想起自己嘆太多了又想把氣吸回來。天邊的夕陽漸漸消失，燦亞總是在天色完全暗下來以前回到家，然後在房間裡休息等父親煮好晚餐，吃完晚餐後再複習功課，睡前再去馬場巡一趟，一天就這樣結束了。

燦亞卻在與父親打完招呼走進房間時瞥見齊維光明正大地站在門後，還無聲地向他打招呼。燦亞果斷鎖門，頭痛地想今天大概會很漫長。

燦亞跑去把窗簾拉起來，他家的牆壁挺薄的，怕露出聲音，燦亞便以心聲與齊維溝通。

『齊維，我父親就在外面，不准發出任何聲音。』

『您要我偷偷來，不應該先預想到這種場景嗎？』齊維微笑，眼中卻沒什麼笑意，『真好啊，那個人可以跟燦亞大人一起走回家。』

『沒有一起走回家。』

『但有一起走。』

『……算了，是我沒有跟你約好確切的時間──』

『這裡滿滿是燦亞大人的味道，怎麼辦？光是呼吸就要勃起了。』

燦亞頓住，好像有那麼一點習慣齊維的變態發言了，這不是好事，他無奈提醒：『心聲，稍微收斂一點，不要動不動……勃起。』

『……』

『……』

『齊維？』

『燦亞大人好色，怎麼可以從您的口中說出勃起兩個字……』

當齊維滿臉通紅摀著嘴進行抗議時，燦亞的眼神是死的，『……不要鬧，談正事。』

齊維的情緒說變就變，他笑著來到燦亞的面前，自動單膝下跪，輕輕牽起燦亞的手，垂首抵住他的手背，像隻期待領獎的大狗狗，搖著尾巴，語氣雀躍：『燦亞大人，這一個月我表現得如何？』

燦亞沒有甩開齊維的手，只是蹙眉譴責：『你不該在考伯頓面前出頭。』

『可是我並沒有在他們面前展露我對您的愛意。』

燦亞漸漸地露出煩意，口吻帶著責怪：『考伯頓不會放過我。』

『好巧，我也不會放過燦亞大人。』齊維突然站起來，放肆地牽緊燦亞的手，他笑得無害，散發出來的氣勢卻充滿危險，等著領獎的大狗狗突變成要享用美食的飢餓野狼，齊維彎腰靠近燦亞，低聲說：「給我看了印記之後呢？燦亞大人要想什麼來阻止我對你的愛？」

『燦亞大人燦亞大人燦亞燦亞燦亞我的小燦亞——』

『我沒有、我沒有……我沒有對您的好朋友出手，是不是、是不是也要獎勵我？』

『我好嫉妒，一直一直嫉妒著，為什麼他可以一直待在您的身邊？為什麼您的身邊不是我？』

『我想砍掉他的那隻手，那隻總是勾著你的手——』

齊維的心聲正在暴走。

帶著令人不寒而慄的嫉妒心和佔有慾。

所以，果然是那樣吧？齊維渴望著燦亞所有的愛與關注，燦亞便是想利用這點。

『齊維，你不放開我的手，我無法碰你。』

齊維倏地鬆開對燦亞的束縛，他瞪大眼睛注視著燦亞，似乎是想確認燦亞是在騙他還是真要主動碰他。燦亞的目光筆直地向著齊維，他沒有騙他，真的用手碰觸著齊維的臉頰。

『對我來說，能拖一點算一點。我也可以接受你，私底下你要對我做什麼都可以，但在公開的場合下——』

『真的嗎？我真的可以對燦亞大人做任何我想做的事情嗎？』齊維重新捉住燦亞的手腕，他的呼吸炙熱，臉頰上那可疑的潮紅讓他看起來異常興奮，『呵呵、呵哈……祕密戀情聽起來太棒了，私底下的燦亞大人……只有我能獨佔對嗎？光是想像就、呼呵……什麼時候開始？現在嗎？』

這和燦亞想得不太一樣。

他想，利用齊維對他的愛，只在私底下與齊維持續接觸並控制好他，表面上就可以回到和平低調的日子，然而齊維這興奮的樣子使燦亞退卻了。

燦亞忍不住說：『你等等，我再想一下。』

他曾想過只不過是交歡……眼一閉就過了吧？

不。

感覺不是眼一閉就過的情形。

齊維傳遞過來的炙熱與瘋狂彷彿也要將他燃燒殆盡。

燦亞自以為能夠掌控愛，卻低估了騎士的愛，理智上認為自己已經做好心理準備，可那不斷浮上來的危險預感讓他無法乾脆地答應齊維。

感覺、感覺答應了祕密戀情會先被齊維的熱度燒死。

燦亞不禁這麼想。

一不小心把自己推到更危險的地方。

『燦亞大人、燦亞大人……我想用舌頭狂甩你的身體。』齊維用力地把他的Sun拽入懷裡，雙手大膽地從衣服下擺探入，往上撫摸，掌心貼著燦亞的肌膚，他興奮地感嘆只剩下嘶啞的呼吸聲，齊維緊緊地摟抱著燦亞，兩個人的體型差立刻顯露出來，男人完全可以把自己的主人抱起來，但他只是配合著燦亞的身高，彎著腰貼緊，裝作紳士地問：『我能看你的記號了嗎？』

太燙了。

不論是齊維的手掌還是齊維的情感。

燦亞弱弱地阻止：『你再等一下。』

『呵呵，燦亞大人給我看完印記，再用舌頭舔一下我的嘴唇，我就再給您一個月的時間想。』

齊維看出主人的不知所措，主動退了一步，這讓燦亞很不是滋味。

『……我如果不比你瘋，是不是就奪不了主導權？』

『開玩笑的，給我看印記，我就能安分一陣子。』齊維輕蹭著燦亞的頭髮，漸漸收回摟抱的力道，他笑說：『我不想以強迫的方式進行我們之間的親密接觸，畢竟是初吻，我想要有美好的回憶。』

燦亞眨了眨眼，『初吻？』

『初吻。』

燦亞終於從炙熱的擁抱脫離，不如說，是齊維終於退開。燦亞再次迅速地收起其他情緒，為了趕快結束，先對齊維妥協：『坐下吧，你站著不好看。』

『坐在燦亞大人的床上嗎？』

『嗯。』

『可以聞嗎？』

『不能，只能坐好。』

『我就聞一下……』

『坐好。』燦亞強硬地按住齊維的肩膀，坐下後就變成燦亞比較高，齊維的壓迫感稍微減輕一點，他微微掀起衣襬，趁齊維故意倒下去前說：『齊維，可以摸。』

齊維挺直背脊，他探出手，指尖滑過露出一點點的白色印記。寬厚的手掌迫不及待地推開遮掩著記號的布料，齊維全神貫注在這上面，當他看見完整的白色太陽時，與剛才的激動不同，臉上反而露出溫柔的神情。

他燦爛的眼眸裡唯有滿腔的愛。

『我找您很久、很久了，您就是我唯一的Sun。』

『你不想成王，我理解。我要的……就只是，你能待在……我看得見、能夠守護的地方。』

燦亞半垂著眼簾，無情地拒絕齊維的柔情。

『我沒那麼脆弱，沒有你我還是好好地活到了現在，相對的，你的出現帶給我許多麻煩。』

『您說得也是。』齊維輕笑，抬頭望向他的主人，『但是，對不起，我已經發瘋了，看不見您就難以忍受，沒辦法如您所願呢，您要是再逃……我可能會，自殺。』

『什麼？』

『找不到我的 Sun，那我的人生又有何意義？』齊維的手掌完全能蓋住燦亞身上的太陽記號，他的迷戀已經失控，『我的 Sun 啊，你可以躲、可以逃、可以做任何你想做的事情……但您永遠無法擺脫我的，就算是要用死來佔據你心中的一小部分……』

看。

看這隻用自己的性命來威脅主人的壞狗。

燦亞的眉間一時無法鬆開，他粗魯地捏著齊維的下顎，冷聲質問：『你知道一條人命的分量嗎？對我來說可是不值得一提，我完全可以帶著你的死亡平淡地活下去……哈。』

燦亞的不耐到了極限，他睥睨著他的狗，發出了嗤笑聲。

「我不會如你所願。可笑，你說得有多忠誠，但根本只是條不聽主人話的壞狗……不，狗都比你忠誠。」

燦亞比想像中的還要生氣。

他多麼努力想讓這條珍貴的性命能夠毫無汙點地活下去。

既然如此，他不需要想那麼多，想要和平低調的日子，讓齊維去自殺不就行了？

燦亞很煩，因為他也比想像中得還要在乎齊維。這是他的騎士，他不要的騎士，但自始至終他都沒有想要這名騎士的性命，他感覺被糟蹋了，那一點也不重要的主人意識在作祟。

「燦亞大人，狗也會咬人的。」

「閉嘴，你這張嘴現在只能汪汪叫。」

「汪。」

只在討人厭的地方聽話。

燦亞心想著不行，他露出太多情緒了，搞得他好像很在乎齊維。他深吸口氣，卻在此時突然聽見門把轉動的聲音，燦亞整個僵住，聽到外面的父親問：「是不是有狗叫聲？燦亞你是不是又帶流浪狗回來？」

隨著父親的質問，門把動得越來越快，頗有燦亞不開門他就會一直試的氣勢。燦亞趕緊讓齊維躲起來，齊維卻不為所動，只掛著那張可惡的笑臉，燦亞急瘋了，因為他知道父親——

門把猛地傳出不太妙的聲音。

門悄悄地鬆開。

外面的萊洛徒手將門把拽下來，他正要責備兒子，卻看到兒子抱著一名金髮男人。萊洛愣了愣，想起之前兒子不太對勁的反應，驚呼：「你最近的煩惱就是……怎麼帶男朋友回家偷嚐禁果？」

「不是！」

「十五歲，確實是可以嫁人的年紀……」

「不是那樣的。父親，請聽我解釋……他是——」

「我知道。」萊洛掃過齊維的樣子，「這位騎士很有名的，連我這種平民百姓都知道。」

「抱歉打擾了。」齊維不顧燦亞的阻撓，彎下腰與萊洛打招呼：「初次見面，您好，我叫做齊維，正如您所見，是一名騎士，很遺憾是以這種方式與岳父相見。」

萊洛聽到陌生的稱呼又是一愣，「岳……父？」

「我、我們在祕密交往！父親！」情急之下，燦亞只好說謊，隨便編個理由：「正如您所說，齊維很有名氣，我怕我的身分會引起眾人的不滿，所以要求齊維先不要公開。」

『我沒有和父親說過我是Sun，不准洩漏你的身分，配合我。』

燦亞極為認真地向齊維命令，齊維微微頷首，跟著演：「非常抱歉，因為我的能力不足，只能委屈燦亞……但我是真心愛他！」

萊洛尚未進入狀況。

總之他先以一名明智的父親說：「……好。我大概能明白你們的顧慮，也不會對你們的決定有任何意見……要說的話，只有一個要求，你能夠保證你們在交往的這段期間，不會讓我的寶貝兒子受到傷害嗎？」

「父、父親……」

「不行，這我不能退讓。你第一次談戀愛，我怕你被他騙。」

「我保證。」齊維煞有其事地牽緊燦亞的手，認真又誠懇地發誓：「我以我的名譽保證絕對不會讓燦亞受傷，並且一生一世都會愛著燦亞。」

完蛋了。燦亞想。

把父親牽扯進來，情況會變得更複雜。

萊洛對於兒子對象的宣言很是感動，暫時同意：「好吧，我的兒子就暫時交給你了。」

「好的岳父大人。」

「不是，還沒到那種程度，我是說，稱呼。」

「還沒嗎？」

「還沒。」

「我明白了，我會繼續努力，岳父大人。」

「你要怎麼努力要見證的是燦亞，我沒有意見，但岳父還是先別叫了吧。」

「讓您有負擔了嗎，岳父大人？」

「……大人就別叫了。」

「好的岳父。」

「……」

輸了。

萊洛輸了。

他輕咳一聲，將話題轉到最一開始的疑問：「是說，剛才不是有狗叫聲嗎？」

燦亞的心莫名顫了一下，剛要解釋就聽到身旁的人非常響亮地汪了一聲。

萊洛：「……」

燦亞：「……」

齊維怕他們沒聽清楚，又汪了一聲，還補充說：「抱歉，您找的狗應該是我。燦亞剛才在生我的氣，不准我說話，所以我才汪汪叫。」

燦亞努力迴避萊洛投來的困惑目光。

啊。

不知道。

他現在只想逃離這裡，展開新的人生。

可惜現實中情況不允許，燦亞依然要厚著臉皮面對他的父親，所幸萊洛體貼地沒有多問，轉而說：「我們……先移動到外面吧。一起吃頓晚餐？剛剛，嗯，對話好像有點太快了，不介意的話，能和我仔細說明一下你們遇到的……困境？」

他說得很委婉，在燦亞與齊維之間來回的視線也很含蓄，這種介於露骨與隱晦的探究行為讓燦亞更想挖洞鑽，特別是萊洛又假裝喉嚨癢輕咳，道：「好好談，盡量不要吵架。」

這樣就不會有人學狗叫了。

燦亞莫名從那句話中讀出這個意思。

他垂首，握緊拳頭，羞恥心將他的臉都蒸紅了，幾乎是咬牙切齒地向齊維傳遞他的急迫：『快拒絕，給我拒絕。』

齊維露出一抹極為燦爛的笑容，道：「這是我的榮幸，岳父大人。太好了呢，燦亞，岳父大人願意聽我們說。」

燦亞好想要一巴掌打過去，但他不行這麼做，只能呵呵笑附和：「太……好了呢，謝謝您，父親。」

『……吃完晚餐就給我滾。』燦亞顧不得用詞，在心裡補充命令。

齊維這次就沒有違背命令了，爽朗地應：『是。』

萊洛點頭，側身讓出空間，請兩人到外面的飯桌坐並一塊享用晚餐。燦亞讓齊維先出去，他還有一些話要單獨和父親說，於是本來要跟在齊維後面的萊洛就被自己的兒子抓回去。

「燦亞？」

「父親，不管怎樣，不是您想的那樣……請不要那樣笑。」

萊洛維持微笑的臉再次點點頭，抬手拍了拍燦亞的背安慰他：「沒事的，我是有點震驚，我一直以為你沒有朋友。」

「……您很失禮，父親。」

「如果你是和他在交往，我就能明白你沒有朋友的原因了。」

燦亞掙扎：「我有朋友。」

「嗯，男朋友嘛。」

燦亞放棄掙扎。

現在只想打開窗戶大力嘶吼發洩。

燦亞深吸口氣，轉個方式問：「您不生氣嗎？」

「生什麼氣？你交往的對象是個男的嗎？」萊洛看了眼在外面乖巧等待的齊維，覺得那頭金髮好像在閃閃發亮，他評估一會，認為兒子看上他也挺正常的，「嗯……有嚇到，不過我尊重你的選擇。我希望你不受世俗的眼光影響自由自在地活下去，燦亞。」

「父親……」

「因為我的兒子就是這麼棒的人。」萊洛微笑，接著笑容瞬間收起，話鋒一轉：「但我氣你偷偷把男朋友帶回家不跟我說這點。」

「呃。」

「我的兒子不信任我，所以才選擇偷偷來嗎？」

「抱歉。」燦亞百口莫辯，先選擇道歉再找個理由說：「我最近煩惱太多了，而且我認為這是件很難開口的事情……」

「你總是在奇怪的點退縮。」

萊洛的這句話燦亞也無從反駁，他只是反問：「是這樣嗎？」

「這點要改，你要試著去相信你身邊的人。」

說得相當帥氣。

燦亞的注意力卻被萊洛手裡的門把給吸走了。

「父親，您說得都對，但現在還有一個問題。」

「嗯？什麼問題？」

「請記得把我房間的門把裝回去。」

燦亞說完後便走了出去。萊洛一愣，低頭看向自己徒手扯下來的門把，說：「真是……老毛病又犯了。」

眼見燦亞終於出來，齊維笑笑地迎接，並沒有多問他們談了些什麼，後來他就只乖乖地跟著燦亞、附和燦亞，整個晚餐的過程都是燦亞在編造他和齊維的相遇與相愛的經過以及他們目前遇到的困難，萊洛也很認真地提供自己的意見，但最終決定的是他們，意見聽聽就好。萊洛真的表現得像是一位開明又體貼的父親，燦亞聽著聽著，只覺得良心受到強烈的譴責。

全部都在欺騙父親，父親卻很認真。

一個謊言需要用更多的謊言去圓。

意外和平的晚餐結束，飯桌交由燦亞和齊維收拾，萊洛則去修理燦亞房間的門把。一高一矮的兩人搬著裝滿碗筷的籃子到外面打水清洗，眼看燦亞顯得漫不經心，齊維趁現在提議：『燦亞大人，我想留宿。』

燦亞毫不客氣地答：『想都別想。』

『好難過，祕密戀情就是這樣嗎？』

好意思說啊。

燦亞將碗盤擦乾放進木籃裡，提醒齊維的動作停了，快點把碗洗完。今天的天空看不見星星，連天空都不作美，燦亞實在是無法停止自己的嘆息，他看著他帥氣的騎士坐在小小的椅子上清洗碗盤，明明應該很狼狽的，齊維看起來卻還是相當帥氣。

「齊維。」

「是？」

「不管發生什麼事情，你都要珍惜好你的性命。」燦亞抬眼望向齊維，淡淡地道：「就像我珍惜你這樣。」

齊維微微偏頭，同時手邊的動作也停下來。

他眨了幾次眼睛，然後眼淚就這麼冒出來了。

燦亞頓時愣住，不曉得對方是真哭還是假哭，可是齊維的淚珠直直滑落，讓燦亞忍不住湊前再用衣袖幫他擦拭，『不是，哭什麼？演的？真的？』

『我，受寵若驚。』齊維的聲音是真的帶著哽咽，他問：『燦亞大人珍惜我嗎？』

『我不是說過嗎……我欣賞你的優秀。』燦亞無奈地說，他捧著那張過分帥氣的臉龐，沒由來地感到好笑，因此很自然地說出自己的想法：『因為你很好，我不想讓你看到我墮落的一面，所以從貴族變為平民之後很快收起埋怨和無謂的自尊心，接受現在的生活，但是，我做不到和你一樣好。』

齊維蹭著燦亞的掌心，『燦亞大人是不想做，還是——？』

「蠢問題。」

燦亞輕聲道出，嗓音帶笑，沒有真正回答齊維，但那軟軟的笑音直戳齊維的心，齊維馬上滿臉通紅，他意外沉默，控制住自己暴走的心聲，因為他不想要失去這美好的一刻。燦亞大人在對他笑，笑容好好看，笑音好好聽，永遠喜歡，永遠是燦亞大人的狗，齊維想。

「你先答應我吧，齊維。」

「有困難。」齊維配合著燦亞小聲地說，畢竟隔牆有耳，還是謹慎為妙，「我最珍惜的永遠是燦亞大人的性命。」

「好吧，那你自己的排第二。」

「是。」

「那……」燦亞回到自己的小凳子，將最後的碗盤擦乾淨，慢慢地說：「要談嗎？」

「什麼？」

『祕密戀情。』

這句話透過心聲直傳齊維的腦海，以至於齊維有短暫的空白。

『我的父親……怎麼說，最好不要對他說謊，否則下場都不太好。你也看到了，他那身怪力，以前我就是有一次偷偷帶了流浪狗回家，騙我父親說沒有，結果隔天去學校再回家後就再也沒有找到那隻狗。當初以為是父親不喜歡狗，但我又有一次撿到受傷的流浪貓，有了前次的經驗，就先和父親說，結果呢……那隻貓現在還在我們家，養得肥肥嫩嫩的，現在應該是在我父親房間睡覺……總之，對他來說，說謊是不對的，在某方面他有點偏執，不做還好，一做不得了……齊維？有在聽嗎？』

齊維從短暫的空白回歸，露出燦爛的笑容說：『抱歉，我剛只想到和燦亞大人要生幾個。』

『……是祕密戀情，不是結婚，再說了我沒辦法生。』

『也是呢。』齊維的口吻充滿遺憾，他笑了笑，意外認真地問：『燦亞大人，真的嗎？要和我談戀愛？』

『怎麼？放進你嘴裡反而不吃？』

『呼呼，我要先舔遍後再享用。』

燦亞試圖穩住親密舉動的界線，說：『你不要太急，我會嚇到。』

『我會慢慢來的。』齊維的視線由上至下掃過燦亞，『畢竟燦亞大人還那麼小。』

燦亞的身體驀地一抖，『你是指，年紀對吧？』

齊維微笑：『……』

『對吧？』

齊維燦笑：『……』

『算了。』燦亞再度妥協，姑且先不繼續探討小是哪邊小，『不過相對的，你不能再干涉我的事情，就算考伯頓又來找我碴。』

『他如果拿庫克的名號來壓您命令您怎麼辦？』

『到時候看著辦，我很會逃，不用擔心。』

齊維笑應：『這我同意。』

『而且考伯頓是情婦生的小兒子，他能怎樣？以庫克之名向平民申請對戰，足以說明他的智商，要不是他覺醒為 Sun 以及他騎士的幫助……』說到一半，燦亞發現齊維正以一種微妙的眼神看著他，『怎麼？』

齊維搖搖頭，故意湊近燦亞，說：『燦亞大人，你好壞，擺明說了考伯頓是個笨蛋，您的這點我也喜歡。』

燦亞稍微往後傾，『……謝謝。東西，先搬回去吧。』

『好。』

齊維輕鬆地抬起裝滿碗盤的籃子，與燦亞一起回去。他們回到廚房，將碗盤放進櫃子裡，一切處理完畢，齊維又問：『燦亞大人，您瞧不起情婦生的兒子嗎？』

燦亞回頭看了眼齊維，將櫃子門關好，說：『沒有那回事。這又不是考伯頓能選擇的，只是其他人就不是這麼想，考伯頓將要永遠背負這個標籤，即便他身為Sun、即便他未來可能會有很大的成就……我想這就是他極力想要表現自己並且想要擁有你的原因吧。』

『這樣啊。』齊維輕描淡寫地帶出他主要想說的：『可是我也是情婦的兒子。』

燦亞一顫，抬頭望向齊維。

『啊不對，準確來說，我現在的母親喜歡我的親生母親。』

燦亞：「……？」

情況從複雜變得難以理解。

『我現在的母親也是有點……在奇怪的點偏執？因為喜歡，所以主動湊合我的父親和我的親生母親，然後我就出生了，但我出生後不久，我的親生母親不幸逝世，所幸我像母親，因此我現在的母親對我也很好。我的母親是那種，對喜歡、迷戀的東西……一定要得到手的人，不論是以什麼形式的擁有。』

燦亞微微張嘴，對於別人的家務事不好評論太多，只是說：『我好像知道你像誰了。』

『是嗎？』齊維聳肩，大方地說：『我很敬愛我的母親喔。』

『沒事，你覺得好就好。』

『但我沒辦法。』

『什麼？』

『湊合您和其他人之類的。』齊維捉住燦亞的手，垂首燦笑：『我要，就是一定要親自得到。』

燦亞沒有甩開他，反而順著他的話問：『得到後想做什麼？』

『想從頭到腳把您舔一遍再吃下肚。』

『我沒什麼肉。』

『在那之前，會將您養胖的。』

齊維一邊說一邊把燦亞堵到了牆邊，他的目光落在燦亞的唇上。從齊維的背後來看，燦亞的身形完完全全地被齊維遮住了，燦亞被炙熱結實的男性身軀堵著，內心有些慌，他明明可以拒絕，卻沒有拒絕，或許是因為被祕密戀情綁住，燦亞覺得自己不應該拒絕給齊維甜頭。

他注視著齊維滾動的喉結，好一會才做好心理建設往上看，燦亞看到那抹藍藏在金色的瀏海裡，交錯的色彩十分迷人，燦亞不自覺地嚥下唾液，稍微踮起腳尖去迎合。察覺到這點的齊維終於忍無可忍，摟抱著懷裡的少年親上去。

初吻。

青澀又滾燙。

齊維笨拙地嗑到燦亞的牙，僅停頓一秒便抓到技巧，聰明的騎士改變吻法，以舌尖探入深吻，像是要把親愛的Sun揉進懷裡。燦亞也是第一次親吻，根本不知道要換氣的時機，就這麼憋著讓齊維瘋狂侵略，無法呼吸就只能用拳頭敲著齊維抗議。齊維退開來，但馬上把燦亞抬起來繼續親，燦亞踩不到地板，整個人被吻得迷迷糊糊的。

也不知道什麼時候被放了下來。

燦亞有些腿軟，接著又被齊維摁入懷裡，他靠著齊維喘息，手無力地扯著他的衣服。

「齊、齊維……」

「我停下來了、停下來了……您的父親也在這個空間裡，我不能……」

「你還知道……？」

「……」

「……」

「齊維？」

齊維的拳頭捶向牆壁，他的聲音低啞：「我怕我的心聲嚇到您，在努力收斂，請先不要呼喚我。」

騎士緊緊擁著他的 Sun，他的呼吸急促，正在竭盡所能地抑制自己的慾望。

「我真的、真的……很愛您。」

燦亞在齊維的懷裡也快要不能呼吸，「我、我感受到了。」

「不，您沒有。」齊維低聲重複：「您沒有。您只是……在應付我，但您不懂，您給了我抓緊您的機會，雖然不論有沒有給，我都會——呼。」

齊維緩和完畢，他倏地鬆開燦亞，拇指抹過燦亞的嘴唇，笑說：「我該回家了，謝謝燦亞大人今天的獎勵，我能再來嗎？」

「……嗯。」

「我會乖的，燦亞大人。」

「嗯。」

「燦亞大人，您的臉好紅。」

「你先閉嘴。」燦亞撇過頭，也是重複：「先閉嘴。」

再怎麼樣。

他再怎麼樣也是沒有談過戀愛的十五歲少年。

想像與實際相差太多了。

燦亞命令自己要趕緊從親吻與齊維的告白中抽離，又不是沒聽過齊維說的喜歡，可齊維就在眼前，深吻的炙熱與美好對燦亞來說太過了，男人向他進攻的姿態非常狂野、非常帥氣，他不想心動，卻無法阻止心的悸動，只想快點讓齊維走。

「父親，我送齊維回去了。」

「咦等一下，我快修好了——」

燦亞帶著齊維停在門口，萊洛即時過來，他看了眼笑著的齊維以及閃避視線的燦亞，很明顯剛才發生了什麼事，但體貼的父親假裝什麼都不知道，拍著他們的肩膀說：「沒事的，一切都會過去，可能一時還沒辦法得到大家的認可，但我相信你們可以。」

萊洛捏著齊維的肩膀，繼續道：「你也不用太擔心燦亞，沒有人可以欺負他。燦亞很聰明，他是我們家的天才，而且他像我。」

齊維頷首，鞠躬致謝：「是，感謝岳父大人的鼓勵。」

燦亞：「……」

好好道別後，齊維終於走了。

燦亞嘆口氣，抹了把臉，默默地說：「……他很難應付對吧。」

「嗯。」萊洛同意，「個性很糟呢。」

「是吧。」

「姑且問一下，你看上人家的什麼？」

燦亞即答：「臉。」

萊洛理解：「嗯。」

「燦亞。」

「嗯？」

「總有一天，你們的戀情一定會受到眾人的欽慕與祝福，大家會認可你的。」

父親真的很認真地在鼓勵他們。

燦亞笑問：「因為我是你的兒子？」

「是啊，因為你是我的兒子。」

「不過祝福就算了，要欽慕做什麼？欽佩我能夠交到這麼厲害的男朋友？」

「更好一點的說法是，欽慕你能擁有他，欽慕他能擁有你。」

燦亞聽得不是很懂。

送走齊維後他們回到屋內，睡前應該還要再去巡一趟馬場，燦亞想了想，猛地回頭對萊洛說：「父親，我突然想到一件事情。」

「什麼事？」

「撬開正值青春期兒子的門您認為是正確的嗎？」

「欸？」

「我十五歲了，請給我一點隱私。」

「抱、抱歉，這的確是我的錯。」

「我會努力不進入叛逆期，但希望您給我一點私人空間。那麼，就請犯錯的父親代替我去巡一趟馬場吧。」

「咦？」

燦亞快步回到房間，關門前又很有禮貌地說：「晚安，父親，祝您好夢。」

萊洛下意識地跟著回：「晚安，也祝你好夢。」

碰。

門關上了。

萊洛一頭霧水地抓抓頭，默念著「叛逆期」，邊念邊找提燈，然後乖乖地轉身去巡馬場了。

／

可恥。

被騎士美色誘惑一時迷昏了頭的自己，可恥！

這幾天燦亞一直如此譴責自己才終於把悸動的感覺強壓下去，這是他不該擁有的感覺，更是不該體會到的炙熱，他的騎士太火辣了……辣，嗯，吻著他的嘶啞呼吸聲很性感。

……真的遺忘得了嗎？

燦亞不曉得，只是他很會裝作忘記、不在乎，反正裝著裝著，總有一天會變真吧，況且這一兩天都沒有看見齊維，剛好給他時間緩和，再重新建架高牆，守護好他的心。燦亞不斷提醒自己千萬不可以把心交出去，一點點的喜歡和全肯定的欣賞，這樣就夠了，即便騎士為他掏心掏肺，清楚知道他在應付他，燦亞也不可以為此妥協。

雖然說喜歡是沒辦法控制的，但要不要表現出來，全由燦亞決定，不是嗎？

現在的問題就是要在父親的面前演好演滿，不能露出馬腳，那麼他對齊維害羞、不知所措的真實模樣也是可以拿來利用的點，比如說他以害羞的理由請父親先不要過問也不要有任何評論，畢竟他們才剛交往，和這麼優秀的人交往他真的很緊張，而該說的也都說了，就請父親再給他一點時間整理心情，所以早餐和晚餐時間萊洛都一副欲言又止的樣子，看起來就是很想說什麼，可是作為一個體貼並且尊重兒子青春期的父親，在兒子說可以之前，他是不會多說什麼的。

不會的。

不會、嗎？

「燦亞。」

「是，父親？」

「作為父親，差不多可以說幾句了吧？」

忍到今日的早晨看來已經是萊洛的極限。燦亞慢慢地為自己的麵包抹上奶油，心想果然還是躲不掉。齊維有沒有在場其實差很多，他們之間可是家人，想必說法就不會特地委婉，燦亞深吸口氣，回應忍到快爆炸的父親說：「可以的，父親，我已經整理好心情了。」

得到允許的萊洛放下手中的麵包，開始滔滔不絕地講起來：「我認為齊維是值得信任的人，但他的長相可能沒辦法帶給你安全感。我是這麼想的，燦亞，就算你一開始是被他的長相吸引，也不能只注重人家的外表，你要好好了解他，你們之間的情感必須更深入才能抵擋外面的誘惑，你也說了，齊維是名很優秀的人，他在外面見識的肯定比你還要多，可是他為什麼會選你？因為我們的燦亞也很優秀。」

燦亞微愣。

結論怎麼會是這個？

「沒什麼好緊張的，燦亞。」萊洛邊說邊撕下麵包放進濃湯裡，拿起湯匙往碗裡攪拌幾下，說：「老實說，我不擔心齊維的為人，我擔心的是你，燦亞。」

「我嗎？」

「你如果是認真的，就要好好對他。」萊洛看向燦亞，無奈地道：「我的兒子倘若沒有下定決心，就都會以無所謂、沒關係、先隨波逐流、目前這樣就好的心態來面對。我並沒有懷疑你們之間的相遇過程，你在跟我說的時候我就大致猜到了，講好聽點就是你說的怕大家沒辦法接受，但在我聽來則是你還沒有做好心理準備，你覺得你沒辦法像齊維那樣厲害，覺得永遠得不到大家的認同，卻抵不過齊維，所以將就，先選擇祕密戀情。」

救命。

所謂家人，一起生活幾十年來的家人便是這樣的存在。

猜得差不多了，只差不知道他和齊維的關係其實是Sun與騎士。

燦亞盡量控制住自己的表情，先靜靜地望向父親。萊洛看燦亞淡然的樣子便認為自己猜對了，他繼續說：「你不是得不到，只是不想去做，為什麼？」

「……您的問題好直接，父親。」

「咦？有傷到你嗎？」

燦亞搖頭，他笑了笑，靠在椅背上輕聲嘆息：「被您看得那麼清楚讓我有點……果然，我還不夠格。」

「燦亞，你是為了歐塔克嗎？」萊洛直接了當地問，他拿起餐桌上的紙巾，慢條斯理地擦拭著手指，再問：「如果我說，讓你奪取榮耀獻給歐塔克，必須讓帝國的所有人都知曉歐塔克的存在，你做得到嗎？」

父親那種親切、散漫的氛圍消失了。

燦亞也挺直背脊，目光灼灼地應：「我做得到。」

下一瞬間，萊洛又變回為兒子苦惱的父親，他搖頭，說：「但這不是你想要的，如果你只是聽於命令，那就永遠不夠格。我希望你是自己想要，你的行動都要出於你自己的意願，最重要的是你想怎麼做，燦亞？你要做的話，明明能做得很好，還是說，你沒有自信？」

燦亞忽然明白了一件事情。

他的父親正盡自己所能地開導他。可是，要開導什麼？他認為現在的日子很好，因此努力想要維持，這樣有什麼不對？這不就是他想要的？不如說，這個世界除了父親與齊維之外，還有誰能懂他的價值？父親到底是憑什麼對他這麼有信心？父親話中的意思不就是他配得上齊維，所以要他不用顧慮那麼多嗎？燦亞忍不住想要失禮地反問——您懂什麼？

沒有那麼簡單的。

沒有。

然而這些都是藉口。

萊洛很直接地說出來了——你沒有自信。

是。要是他做了，卻反為歐塔克蒙羞怎麼辦？要是他承認了，卻讓齊維丟臉怎麼辦？倒不如默默無名至死。這就是他想要的啊，憑什麼對他的想法指手畫腳？畏畏縮縮是不好，但究竟好不好，別人也無法任意評論吧。

燦亞感到不耐煩。

對一切、對父親、對齊維，不過還在可以忍耐的範圍。

「父親，青春期是很複雜的。」燦亞乾脆坦蕩地閃避萊洛的提問，「我不想要以無禮的態度回答您，希望這個話題可以往後再談。」

萊洛也沒有逼迫燦亞，他喝了口湯，妥協說：「好吧，那你還有什麼想對我說的嗎？」

「……目前沒有。」

「你麵包都沒有動喔。」萊洛提醒，看到燦亞無神地咬了口麵包咀嚼，他接著問：「比如說你們進展到哪？」

燦亞被麵包噎到，猛地端起盤子喝下放涼的濃湯，他以埋怨的眼神注視著父親，「即使是朋友，也不會問這種問題的，父親。」

「是朋友才會分享這些吧？你果然沒有朋友嗎？」

「朋友……會分享這些？」

「會啊。戀愛的話題，孩子們都會感興趣吧？」

燦亞停頓，回想他和夏普之間的對話，上次似乎是他們第一次提到喜歡的類型，他欲反駁，萊洛卻自顧自地又說：「雖然你們沒有懷孕的問題，但你還小——」

「父親！」

燦亞忍無可忍了，這一定是在指年紀小，對吧？他才十五歲，身高一百六十九公分算高了吧？

「沒什麼好羞恥的。」萊洛享用完早餐，看到燦亞臉紅的模樣，不禁勾起唇角調侃兒子：「燦亞，你臉皮這麼薄，的確需要祕密戀愛呢。」

「父親。」燦亞輕捶桌子，垂首投降：「請放過我吧。對於前幾天欺騙您的事情我真的有在反省了。」

「那我早就原諒你了。」萊洛起身，走到燦亞的身邊拍拍他，「好了，時間差不多，碗盤我來收拾就好，你該出門了。」

燦亞立刻就想逃走，他向萊洛道謝，打算頭也不回地離去時父親又叫住了他。

「燦亞，恭喜你找到了你的伴侶。」

燦亞回過頭，有些困惑。

「我說錯了嗎？還是說你只是打算和齊維玩玩而已？」

「……沒有。」燦亞遲疑地說：「我會，嗯，認真考慮……接下來該怎麼做比較好。」

聞言，萊洛微笑，敞開雙臂，突然上前擁抱了兒子。

「希望我能看到你幸福的樣子。」

燦亞面對突如其來的擁抱有些不知所措，最終在父親的背上輕輕拍了幾下，然後像個孩子埋入父親的擁抱，說：「我已經很幸福了，父親。這種日子對我來說，是最好的。」

「很高興聽到你這麼說。」

萊洛鬆開燦亞，走到門前替燦亞開門，燦亞打起精神，與父親揮手道別。

「那我出門了。」

「晚點回家，這幾天你都太早回家，有跟齊維約會嗎？」

「……這就不用您擔心了。」

「要晚點回家喔。」

「知道了。」燦亞踏出門，回頭又說：「我會跟他約的……主動，跟他，嗯。」

萊洛笑著點頭，注視著燦亞離去的背影。

「路上小心，燦亞。」

他低喃。

／

燦亞在岔路上遇到夏普。

從考伯頓來找碴過後，每一天都是如此。燦亞已經夠早出門了，不曉得夏普是多早出門才會在這邊等著他，這樣的好意對燦亞來說算是種負擔，可他又不知道該怎麼勸說夏普。

「早安，燦亞！」

「你又一早在這等我嗎？」

「嗯嗯！」

「就說我不會有事，你沒必要……」

「怕有個萬一嘛！沒事，早睡早起好啊！」夏普勾著燦亞的手說道，他知道燦亞又要拒絕，趕緊說起另外一個話題：「話說回來，狩獵祭好像要再辦一次。」

燦亞一頓，將勸說夏普的說詞拋到腦後，問：「為什麼？」

「之前就有人對比賽結果提出異議，說齊維不可能在這麼短的時間內抓到那麼多獵物。」

燦亞忍不住皺眉，「他們在質疑齊維？」

「也可以這麼說，合理懷疑有人幫齊維，而且當初他把獎盃……獻給你，這幾天就突然把矛頭指到你身上。」夏普擔憂地說，小心翼翼地看著燦亞，「現在有一派人懷疑齊維，也有一派人懷疑你……使用了祕術指使齊維。」

燦亞想了想，淡然地應：「難怪這幾天其他人看過來的眼神不太一樣。」

「我相信你沒有那麼做，燦亞！」

「謝謝你，我……只覺得太荒唐了，有點想笑。」

「燦亞？」

在他們的認知裡，世界分為三塊大陸，一是目前由克利夫斯統治並守護的人類帝國，克利夫斯帝國，也就是他們的所在地；二是精靈們棲息之地，羅森王國；三是人魚主要生活的海域，包含海域上的領土，禹提斯王國。一直以來人類、精靈與人魚都覬覦著彼此的地盤，可弱小的人類又怎麼與強大的精靈與人魚爭奪呢？

唯有皇室的人可以使用神賦。

據說是很久以前天神可憐弱小的人類，因而賜予人類能夠抵抗精靈與人魚的能力，那稱作為神賦。每個人覺醒的神賦都不一樣，強大的神賦是連精靈與人魚都不容小覷的，因此人類的帝國才不受他們任何一方的侵犯。

每位Sun透過飲用皇帝陛下的血液便能促使覺醒神賦，Sun即是利用神賦來進行爭奪與通過王的考驗，最後只有一個人能留下神賦，那人就會是下一位帝王。從古至今，王的選拔都是如此，卻不知道什麼時候開始在民間流傳出一種普通人也能覺醒神賦的祕術，這對皇室來說是一種造反的行為，被抓到皆是處以斬首，曾經有那麼一陣子，祕術的謠言到處流傳，許多人被抓走，連查證都沒有就被判處刑，那之後謠言才消停，再也沒有人聽說過祕術，現在卻又被傳出來了。

很明顯，有人在栽贓燦亞。

看吧。

和那麼優秀的人扯上關係必定沒有好事。

人心叵測，誰能料想到那群人會為了名譽而做出什麼誇張的事情。

欺負沒有勢力的人又是那麼簡單。

燦亞很快收起想要主動約齊維的想法了。其實這種不實的謠言只要證明自己是Sun、更是齊維的主人就好，但為什麼？不到緊要關頭，沒必要這麼做。

看吧、看吧。

現在他需要的並不是自信，更不是無謂的悸動，他只想要遠離紛爭，離得越遠越好。要是一個不小心，牽扯到父親怎麼辦？

「所以，我現在要想辦法證明自己的清白。」燦亞越來越無法藏住自己的不耐，「沒有的事就是沒有，但其他人會相信嗎？想要誣陷我的人……憑我一個人能抵抗？」

夏普很少看見燦亞露出情緒，他感到新奇，注視著燦亞說出自己的猜測：「我在想會不會是考伯頓——」

「他應該不至於。」燦亞明說：「他沒有那麼聰明。」

「哇……我收回你說話無趣這句話，燦亞你好壞但我欣賞。」

燦亞沒聽懂夏普的意思，「嗯？」

「我覺得應該暫時不要緊，我會跟別人說你是被栽贓的，只要輿論有了，他們應該也不——」

夏普的話吞了回去。

他看到學校門口的人潮，驚覺不妙，本來想遮擋住燦亞，但燦亞注意到的是人潮中的齊維，然後才注意到不該在校門口出現的士兵，他按住夏普說：「謝謝你為我如此費心，不過，看來已經來不及了。」

「燦亞！」

「就像你說的，我應該暫時沒事，再麻煩你幫我製造對我有利的輿論了。」燦亞死死抓住夏普，又低聲說：「夏普，不要為我出頭，停在這裡，相信我，我會回來學校的。」

很可恥。

看到齊維的那一瞬間，安心下來了，燦亞才在夏普面前裝模作樣。

他隻身迎向齊維與兩名士兵，在眾人簇擁之下，燦亞聽見士兵向他出示卷軸公告：「燦亞，你和齊維爵士都涉嫌研究祕術，要請你跟我們走一趟。」

燦亞知道對他們說沒有意義，但為了堅定自己的立場，還是要說：「我並沒有研究祕術，我是被誣陷的。」

「請配合，不然我們要強行帶走你了。」

燦亞深深嘆息。

「……好的，麻煩帶路。」

燦亞看了眼齊維，齊維也沉默跟上。

『燦亞大人，很抱歉以這種形式與您再會。』

『沒事，你還好嗎？』

『不太好，這幾天一直想起和您接吻的美好。』

『……正經點，現在可不是開玩笑的時候，我們很有可能會被無故處刑，只要他們想。』

齊維絲毫不畏懼身旁的士兵，繼續問自己的，『您完全不會回想嗎？我和您的初吻。』

『……』

『看來是會。』

『畢竟那也是我的初吻。』燦亞順應著他說：『一時鬼迷心竅，被你的臉給迷住了。』

『我的榮幸。』齊維微笑，『請您放心，我會盡快解決這種蠢事，絕對不會讓任何人傷害到您。』

可恥。

多麼可恥。

燦亞一看到齊維就知道自己不會有事了，明明要推開他，此時此刻卻不得不依賴他。

『我相信你，一直以來都相信你。』燦亞的聲音多了一絲疲憊，他沒有回頭，與齊維分開坐上不同馬車，他看著外面的藍天，喜歡歸喜歡，但要收起喜歡，也是非常簡單，『可是，今天我累了，齊維。』

齊維愣怔。

他聽出了燦亞聲音裡的疲倦，像是又要丟棄他，不知道自己做錯什麼的齊維一時露出茫然的神情。

『燦亞大人？』

『……』

他的 Sun 再也沒有回應他了。

又一次。

於是齊維也靜靜地在馬車裡等待。

負責抓人以及諮詢審問的是騎士團，學院與騎士團的駐紮之地約莫二十分鐘的車程，一般來說並不會以馬車護送嫌疑犯，但他們護送的是齊維，帝國菁英騎士團團長的兒子，齊維。說白一點，來帶走齊維和燦亞的騎士都是自己人，可是燦亞並不知道，本來想要向燦亞解釋的齊維忽然也不想說了。

他不知道。

他就是能感受到燦亞的疏遠以及燦亞又要拋棄他的心情。

努力藏起來的瘋癲正在一點一點地洩出，乘坐在馬車裡的齊維用腦袋輕敲著窗口，眼裡映照著外面的藍天，他眼裡的藍卻十分空洞，齊維滿腦子都是「燦亞大人又不要我了」的念頭，又又又又又——談什麼祕密戀情呢，他就該把他的小燦亞關在自己準備好的完美房間，那裡應有盡有，除了自由以外齊維都可以不顧一切地獻給燦亞，他也能把燦亞保護得好好的，任何人都傷不了他的主人，他還能一步一步地教導小主人快樂的事情，最好讓純粹的燦亞大人沉迷於歡愉，對性成癮，調教成沒有他這隻公狗就受不了的主人。

可真好啊，那樣的日子。

不過那是最後、最後的手段，現在還不可以拿出來、還不到那種地步，所以再忍忍，再忍忍啊，齊維，不都把這些骯髒的慾望控制住了嗎？不然這些心聲會嚇跑他的主人的。

齊維把洩出來的瘋癲再次收回來壓好，他在馬車裡平穩地站起來，踹開門，與外面騎著馬護送的騎士對看，對方明顯嚇到了，連稱呼都差點叫錯：「齊維大、不，爵士！請問您這是在做什麼？」

齊維一點也不像是站在晃動的馬車上，穩得像在平地，他看向跟在後面的馬車，冷酷地說：「計畫更動，晚一點再去，現在先在這停下，一切由我負責，你旁邊一點，我要跳車。」

「什、等！齊維大人！」

眼看來不及阻止，騎士掌控著韁繩駕著馬離遠一點，親眼看到齊維動作俐落地跳下來，以簡單的翻滾緩和衝擊，接著又像沒事似的站起來，快速地跳到另外一輛尚未完全停下的馬車，而另外一位騎士也是愣愣地看著齊維闖進馬車裡扛起另一名嫌疑犯，那名嫌疑犯還對他露出求救困惑的眼神，騎士下意識地望向齊維，齊維沒多說什麼，逕自地扛著身上的人往樹林走去。

市中心和郊區的森林裡都有騎士團，為了避人耳目，自然選擇離學院較近且人少的森林。燦亞當然什麼都不知道，此刻只知道他突然被他的騎士綁架了。他被放下來，背後緊貼著樹幹，齊維臉色陰沉地將他堵住，這幕有些似曾相識，就是齊維又要發瘋的樣子。

「……齊維？」

「您毀約了。您怎麼能又不理我？怎麼能明顯地表露出要丟棄我的樣子？」齊維說得很可憐，眼神卻很恐怖，他試著向燦亞說明：「那點謠言做做樣子就可以平息了，但如果我幫您幫得太明顯，謠言一下子被封起來反而會讓別人懷疑您的身分，所以我和我的人串通，打算審問完結束再放您走，不然正常早就把您銬起來，在眾目睽睽之下把您粗魯地強行帶走。燦亞大人，只要公開審問紀錄與判定結果便能證明您的清白，您怎麼能因為這點小事就毀約？祕密戀情是這麼脆弱的嗎？您要跟您的父親說我們今天就分手了嗎？」

他憑什麼這樣質問他？

這是燦亞第一時間產生的想法。

他哪有毀約？他沒有毀約啊，只是一時覺得累了不想回應不行嗎？裝什麼委屈，反正都在計畫之中，不是嗎？燦亞反而想質問他，一開始不要那麼高調地靠近他不就好了？這些事情就不會發生。燦亞一方面感到煩躁，一方面知道自己應該感謝齊維的幫助，他確實太情緒化了，沒有好好藏住自己的煩悶與自卑感，因此面對齊維的質問，燦亞只淡淡地說：「謝謝，還好有你。」

「騙人。」齊維不顧禮節發出嗤笑聲，「燦亞大人，您是不打算回答我的問題了？」

「……不要逼我。」燦亞嘗試振作，把一早的壞心情拋到腦後，好聲好氣地回：「我怕我一個沒忍住說出傷人的話。」

「多傷人？」

「你想聽？」

「請說說看。」

燦亞抬頭望著高高在上的齊維，情緒再度湧上，使他忍不住推了齊維一把。

「夠了。我討厭你來擾亂我的生活、我討厭你理所當然地幫助我、我討厭你讓我覺得自己很可悲、我討厭你明知道我是在應付你卻義無反顧地跟著我、我討厭你……」燦亞垂首，握緊拳頭小小聲地傾瀉真實心聲：『我討厭我自己。父親早上跟我說，最重要的是我想要怎麼做，可是我什麼都不想做，我沒有自信去做任何決定，原本以為只要用祕密戀愛滿足你就行，但只要我們之間牽扯上關係就會發生這種事情。你也看到了，我並不是一個能證明你實力的可靠主人，只能接受你的幫助，如果你今天將勝利獻給其他貴族……』

「呵。」

呵？燦亞忽然起了雞皮疙瘩，這種感受有點熟悉，果不其然抬眼看到的是齊維變態的笑容。

「呵呵、呵……燦亞大人，原來我們是兩情相悅。」

燦亞的情緒瞬間被困惑填滿：「……？」

「我討厭你這句話聽起來就像是我喜歡你、我很珍惜你。」齊維紅著臉笑：「呼呼、嘿嘿……呵。」

燦亞想要默默地往後退，這才想起來自己沒有後路可以退，跟之前的情形完全一樣。他就不該情緒化。

怎麼會忘了這個人瘋起來有多可怕？

「您總是說不想要成為我的汙點，您就沒有想過是我會成為您的汙點嗎？」齊維向燦亞露出微笑，說：「只要我幹點違法的事情，我的家族與我的名聲馬上就會——」

燦亞即答：「不准。」

齊維繼續笑，彎腰靠近，輕聲低語：「我親愛的燦亞大人，倘若您沒有拿好控制我的項圈，我不知道會做什麼事情，所以、請、務必、拿好，好嗎？我實在是無法再禁起您不理會我的孤寂了。」

「……你又威脅我。」

「我已經和我的父親和母親打過招呼了，為了我的愛人，我的主人，我什麼事都做得出來。」

「我……這次不會妥協。」燦亞堅持住，盡量不被齊維的瘋狂逼得退卻，「我受夠你這隻不聽話的——」

「那您打算怎麼做？」齊維靠到燦亞的耳邊，再次低聲說：「我的小主人，跟我待在一起會自卑的小主人，為什麼呢？您明明說已經接受自己的身分，為什麼還會沒有自信？因為在您眼中您認為貴族還是比較高尚，平民什麼都不是，您知道為什麼會這樣嗎？您骨子裡的認知依然是高高在上的貴族，您想想，您身邊的平民有認為自己矮人一等嗎？還是有人敢對抗貴族的。燦亞大人，我想，您永遠擺脫不了歐塔克，那麼何不接受它？」

一聽到對方提到歐塔克，燦亞冷聲反問：「你懂什麼？」

「比您懂一點。」齊維選擇正面迎擊他的主人，「比不願意查出真相的燦亞大人懂。」

燦亞的指尖微顫。

他的腦中瞬間盤算了各種把齊維弄昏的方法，不過他什麼都沒有做，一如往常，對於挑釁他的人永遠都要淡然應對，不該對他的任何說詞有所反應，但是齊維又不算其他人，偶爾……就是，真的受不了的時候，說出來也行吧？

他真的快要煩悶瘋了。

要瘋的人豈有齊維一個。

那些不懂的人，到底在嚷嚷著什麼。

「歐塔克是……」燦亞呢喃出刻印在腦中的那句話：「不該問、不該看、不該聽，唯有服從命令的存在。」

齊維愣了會，隨即問：「聽誰的命令？燦亞大人現在要聽誰的？」

聽誰的呢？

這個問題，燦亞也不曉得，他露出茫然的眼神，一直以來忍住的情緒累積得太多，累積了八年，從那一晚開始……接著從再次遇到齊維時露出破洞，那些情緒、那些自尊、那些渴望一點一點地流出來，然後變得越來越多，讓他越來越困惑。

其實可以不用服從了嗎？

什麼叫做、最重要的是他想要怎麼做？

那麼……他其實、其實比任何人都還想要知道真相啊。

可是那一晚，父親讓他不問、不聽、不看，唯有服從。

「燦亞大人，您真的，什麼都不想做嗎？」

齊維的聲音在他的腦中環繞。

不是的、不是那樣的。

他其實想去查詢母親的下落。

他其實想知道他們被貶為平民的理由。

他其實想要接受齊維獻上的榮耀，驕傲地告訴大家，他是歐塔克，他是齊維的Sun。不需要誰的命令，他也能夠證明他能做得很好。

他其實想要剷除那些覬覦齊維的貴族，這可是他的騎士，就算他不要了，別人也不能奪走。

他其實……其實，很開心有那麼一個人，沒有忘記他並且對他如此執著，但可以的話還是不要那麼變態，嗯。

他曾經也是優秀的孩子、曾經也幻想過與優秀的齊維站在同個地方，將勝利與榮耀獻給他的家族。

然而他沒有。

他將自己壓抑得太久、太久了。

壓抑著自己，徹底抹滅那個從前充滿自信，以歐塔克為傲、以Sun為榮的自己，最終，失去自我。

現在，是不是是時候找回自己了？

他的每一個行動都將出自於他的意願……真的可以嗎？

不再受委屈、不再不在乎、不再將屬於自己的拱手讓人。

「燦亞大人，您想好了嗎？」

「時間差不多了，您現在有兩個選擇。首先，我們還是要去留下審問紀錄，再來才交給燦亞大人選擇。第一、答應我不會再不理我，我送您回去學校，也會繼續遵守承諾在公共的場合下遠離您。第二、和我一起回家，我把我查到的事情……全部跟您說。燦亞大人，您若是想維持以前的生活，您要選第一個。您若是有了不同的想法也可以選擇第二個。」

燦亞不想再猶豫，也不想再壓抑了。

要做，就要做到最好，只要下定決心的話。

他看著齊維，看著他的騎士，堅定地說：「你真的很逼人，齊維。不過這次……我想選第二個。」

「您確定嗎，燦亞大人？選第二個的話……您就不能回到以前平穩的生活。」

「講得好像我真的能找回平穩的生活。」燦亞終於認命，不再自欺欺人，從齊維高調地找上他的那一刻起，他就注定無法找回平靜，「但是在那之前，先跟我回家，我想再和我的父親好好地談一次。」

「好。」齊維特地以心聲問：『您決定要跟您的父親說您是 Sun 了嗎？』

『我也不知道，總之，先好好談。』燦亞像是想到了什麼，抓著齊維強調：『你要跟著我，要保護好我。』

雖然不知道為什麼如此強調，但齊維還是先答應下來，就當燦亞以為事情結束，要走回馬車的時候，齊維又笑著靠過去了。

「燦亞大人是不是忘記了一件事情？」

「……什麼？」

「您毀約，讓我的身心受創，剛剛您不理我的時候我還想著要不要駕著馬車與您同歸於盡。」

「抱歉。」燦亞坦率道歉，「我一時沒管控好情緒，把氣出在你身上了。」

齊維搖頭：「道歉就有用的話，要審判官做什麼？」

「那你想要我怎麼做？」

「燦亞大人，道歉必須露出胸部。」

燦亞懷疑了自己的耳朵，停頓幾秒重複問說：「道歉要露出？」

齊維露出燦爛的笑顏接下去：「胸部。」

「但你說道歉沒用……」

齊維理直氣壯地回：「燦亞大人剛才的道歉又沒有加露胸部。」

燦亞不能理解：「不是，男生的胸有什麼好露的？」

齊維微笑，開始大聲吶喊。

「我想看燦亞大人粉粉嫩嫩的乳頭。」

「我想看燦亞大人粉粉嫩嫩的乳暈。」

「我想看燦亞大人粉粉嫩嫩的——」

燦亞忍無可忍：「好了閉嘴！」

『我想看燦亞大人粉粉嫩嫩的——』

『心聲也收斂好！』

總是這樣。

每當要嚴肅、正經的時候，都會被齊維的變態程度給震驚到不知道該說些什麼。

……有點鬧，又有點搞笑。

不由自主地笑出來了。

齊維聽到小小的笑聲時也陷入片刻的愣怔，他直盯著燦亞，就怕漏掉什麼重要的畫面。

燦亞在笑，瞇著眼睛在笑他：「笨蛋，到底是多喜歡我？」

齊維控制不了，在心中大聲吶喊：『超喜歡超喜歡超喜歡超喜歡超喜歡超喜歡——』

「行了，是我沒有遵守約定，擅自因為情緒故意無視你。」燦亞誠懇地道歉：「以後不會那樣，真的，我說到做到，不論是什麼事情。」

「燦亞大人……道歉我收到了，那胸部呢？」

「……」

好。

只不過是露胸部。

燦亞慢慢地掀起衣服，他撇過頭，依然不曉得男生平坦的胸有什麼好看的，只知道齊維是真的很認真地注視著他的胸膛。齊維第一時間看到的是燦亞的太陽印記，接著慢慢往上，他的心聲又開始暴走了。

『燦亞大人的肚臍好可愛。』

『燦亞大人的肌膚好白，看起來好好摸。』

『腰好細，用我的兩隻手完全能圈起來。』

『啊啊、好想舔好想聞好想舔好想聞好想舔好想聞好想舔好想聞——』

『哈嘶哈嘶是燦亞大人的粉粉嫩嫩乳頭！粉粉嫩嫩……嫩嫩粉粉……好想吸好想吸好想吸好想吸好想吸好想吸好想吸——燦亞大人害羞到微微顫抖的樣子好可愛、害羞到連肌膚都粉粉的好可愛、燦亞大人燦亞大人燦亞大人——』

「齊、齊維！」

齊維的視線忽然往上，看到燦亞擔憂的臉，他微愣，第一個想法仍然是燦亞大人好好看好可愛呼呼。另外一邊，燦亞捧著齊維的臉，說：「你、你流鼻血了……」

齊維伸手抹向嘴唇上方，果然抹到鼻血，他驀地發出一聲輕笑，臉紅通通地看著燦亞笑，絲毫沒有因為流鼻血而感到羞恥，他坦蕩面對，舔過流到上唇的血，笑應：「燦亞大人，您下次再不理我，就不只是露胸部這麼簡單了，今天我原諒您。」

『原諒您。』

『只要您還願意回頭、還願意抓住我的項圈，我就還能維持正常人的思維。』

『燦亞大人、小燦亞啊……你怎麼又忘了呢……』

『我已經瘋得不輕了啊。』

齊維的心聲讓人感到毛骨悚然，但燦亞已經決定好要去面對了，包括他的騎士對他不正常的愛。

『瘋了又如何，你該看清楚你的身分，我是誰，你是誰……不准再威脅我，相對的，我會好好獎勵你，也絕對不會再無視你，這次真的是我做錯了。』燦亞在齊維的注視下伸出舌頭，舔去他嘴脣上的血，『我說可以的時候，你也可以得寸進尺，只不過那一寸、那一尺都要由我來拿捏，聽懂了嗎？』

『那好。』

齊維瞪著眼睛點頭，像是不敢相信剛才發生了什麼事，頻頻舔嘴。

燦亞很快進入狀況，輕聲安撫著他的瘋狗。

『現在，你可以親吻我，我的騎士。』

微風吹動他們頭上的樹葉，屏息等待中所聽到的都是沙沙聲，好似這片森林裡只有他和齊維的存在。燦亞不合時宜地想到護送他們的騎士會不會著急地想尋找他們，卻礙於齊維的命令只能在原地待命，他們又是出於什麼心態願意聽齊維的命令呢？有沒有像學校裡的人一樣崇拜齊維？燦亞莫名感到抱歉，因為他讓人人稱讚且崇拜的齊維變成這樣。

齊維正在發出詭異的笑聲。

『呵。』

『呵呵呵呵呵呵。』

『您說的、您說的您說的您說的，您主動說我可以親吻您。』

『您真好，好棒的獎勵，我原諒您、原諒您原諒您原諒您——』

齊維溫柔地幫燦亞的髮絲勾到他的耳後，再輕輕抬起燦亞的臉，有過一次經驗後齊維就變得相當熟練，侵略的深淺變化隨他掌握。齊維首先慢慢啄吻，降低燦亞的警戒和緊張，等到他的銀色小貓卸下戒心，在他的輕吻下放鬆身體，齊維才托著燦亞的臀腿將人抬起來壓在樹上，這時小貓就嚇到了，齊維適時停下，仰著頭凝望燦亞，他笑了笑，說：「這樣您不用一直仰頭，比較輕鬆。」

燦亞的呼吸在顫抖。

他忘了自己有隨時喊停的權利，面對齊維的說明只點著頭表示明白，然後還乖巧地把手放在齊維的肩膀上，軟軟地接受齊維的氣息再度侵襲他。輕柔的吻在某個瞬間變調，上顎被舔過的搔癢感直達下腹，口腔被舔遍過後燦亞的舌頭就被齊維靈巧地捲走，牽出的銀絲分不清楚是誰的唾液。

燦亞能感覺到男人結實的身軀擠壓著他，在他屁股上的手也挺不安分的，掐抱著臀肉的手似乎很想要晃動，配合齊維硬挺的下半身頂弄在他的股間，而燦亞會被他撞得不知所措、滿臉通紅，接下來齊維更會放肆地以自己的勃起去壓蹭燦亞，燦亞無可自拔地發出弱弱的呻吟，他並非無感，在親吻磨蹭中自然也有感覺，凸起的部位便與齊維的貼在一起蹭，燦亞不想要看，卻不得不看到齊維抬著他晃腰摩擦彼此性器的模樣——不，這一切都是齊維的想像，現實中齊維並沒有動，他就是抱著燦亞繼續熱吻。

然而齊維的想像一樣浮現在燦亞的腦中了。

燦亞甚至看到齊維的那裡插著他後面挺動的畫面，他只看到一幕，特別驚人。不論是齊維的尺寸還是能夠容納齊維尺寸的自己……那幕隨即消失了，取代而之的是齊維的道歉。

『燦亞大人、燦亞大人，心聲如果太強烈又沒有克制好的話，好像會直接變成畫面讓您看到。很抱歉，我也是剛才才知道，我不是有意讓您看到我那骯髒的心思……哈啊、抱歉，真的很抱歉，但是、但是，燦亞大人，您不反感嗎？哈呵、您……臉好紅，實在是太可愛了。』

燦亞未成年。

在克利夫斯帝國，男子合法的結婚年齡為十六歲，女子為十四歲，在達到結婚年齡以前都算是未成年。

他才十五歲耶。

怎麼可以讓他看那十六禁畫面。

燦亞慌得又忘了自己的身分，應該要譴責齊維，卻只紅著臉結結巴巴地勸齊維：『我、嗯，我……確實還小，不論是年紀還是——就是、總之沒辦法給你那種獎勵。』

齊維輕笑，他點到為止，將放縱的心聲控制好，讓燦亞看到自己汙穢的想像真的是意外，想不到除了互通心聲的功能之外，連畫面也可以。齊維已經想好以後要怎麼用這招嚇他可愛又純情的未成年主人了，只不過不是現在，他把燦亞輕輕放下，笑著附和：「是啊，還不行。」

燦亞從那笑容中感知到不好的感覺，警告：「……不能、再讓我看到那種畫面。」

「我會努力的。」齊維摸著嘴唇，意有所指地說：「您放心，等我更熟練一點，才會進下一步。」

『……哪裡不熟練了？』燦亞下意識地反問。

『我現在還會失控，想再溫柔一點對待燦亞大人。』齊維說，『可是面對燦亞大人，好像很難不失控。』

「那就更努力一點。」燦亞理所當然地道，「我的騎士不會做不到吧？」

齊維眨眼，笑回：「不，只要是燦亞大人的命令，我都做得到。」

「很好。」燦亞臉上的紅尚未完全褪去，他不想再表現得那麼窘迫，裝作不在意剛才的十六禁畫面，說：「該回去了，不是說還要去接受審問嗎？」

「是要回去了。」齊維盯著燦亞的臉看，改變主意：「燦亞大人，可以再給我一點時間說一些真心話嗎？」

「嗯？」

「我看起來好像在逼您正視您的問題，但老實說我希望您什麼都不知道，就這樣在我的保護之下繼續和我談祕密戀情，可是您沒辦法容忍這樣的自己，也怕拖累我，才想要乾脆地拋下我，對嗎？」

「……」

「沒事的，燦亞大人，我都知道，不論我有沒有逼您，您最終都會選擇正視。」

燦亞不太喜歡被看透的滋味，忍不住想要反駁：「你——」

「我懂什麼嗎？我怎麼會不懂，我是您的騎士，您的專屬騎士。」齊維勾住燦亞的小拇指，垂首溫柔地說：「我的 Sun 是怎麼樣的一個人，我一直一直都看在眼裡啊。」

齊維其實想講這些話很久了。

他要講一個故事，一個有關一位騎士遇到他的主人而改變的故事。

「很久以前，我以為我的 Sun 是一個自大又無禮的臭小鬼，後來發現，那不是自大，那只是耀眼的光芒落到了您的周圍，您是天生的 Sun，您的舉手投足都會不由自主地吸引別人的目光。」

「在舞會上的您，第一次見到的您，是那樣耀眼且充滿自信。在那裡的每一位小朋友都極力於展現自己，想要得到大人們的誇獎，唯有您注意到一旁哭泣害怕的孩子，您逗她笑的模樣我永遠忘不了。」

「然後您就消失了。」

「再發現您，您故意藏著自己，而我也不夠強大，才拖了那麼久。我心想，不管，等我變得更加強大，不論我的Sun是什麼樣的狀態我都要把您抓到我身邊，不過，您就是您。」

「您依然會矮下身子，詢問蹲在角落的孩子需不需要幫助？您會護在弱小的平民面前，獨自扛起那些人的欺凌。您面對那些欺凌，不亢不卑，總以為您會就此倒下，卻又一次一次地站起來。您會對那些平民們笑，以不可思議的氣度鼓舞他們，但您察覺到他們對您的好感，又一次將自己藏了起來，藏著藏著，終究還是被發現了。您真的以為，大家是因為同情您或是純粹看在您漂亮的皮囊分上才幫您與考伯頓的勢力對抗嗎？」

「大家都喜歡您，因為您是很棒的人，值得大家這麼做。信不信您回去學校，大家都會跑來關心您？」

「是，您想要低調過活，但一個人的魅力並不是這麼簡單就能完全藏住。您沒有變的，燦亞大人，就算變了也沒有關係。」齊維向著燦亞單膝跪下，以騎士的禮儀在燦亞的手背上留下一吻，「您依然是我看上的Sun，我唯一的主人……因為遇到了您、因為成為了您的騎士，才成就了現在的我。」

他的動作與狩獵祭他們重逢那天一模一樣。

他的騎士，也跟他的想法一模一樣。

原來是他們成就了現在的彼此啊。

彷彿心中最柔軟的地方被戳中了，燦亞在適應變為平民的那段期間或者被質疑嘲笑的時候都沒有掉過眼淚，如今看著始終如一跪在他眼前的騎士，眼眶驀地紅了。

是什麼樣的原因讓齊維堅持到了現在呢？

是失去後產生的狂顛、是對最初的嚮往、是偏執的愛、是齊維一直看在眼裡的認可與執著。

因為他的燦亞大人那麼好。

這叫他怎麼放棄？

「齊維，頭抬起來。」

燦亞也遵守禮儀在齊維的額上親吻，與狩獵祭那天同樣的動作，此刻的心態卻不同了。

燦亞重新下定決心，不逃了，不想再逃了。

他要奪取榮耀獻給歐塔克以及他的騎士。

燦亞居高臨下地望著齊維，「……如果您希望我繼續無知下去就不該逼我，齊維。」

「您看起來很痛苦，作為騎士，推您一把是我的本能。」齊維微笑，在燦亞的指示下站起來，他說：「我也知道我在您心中比您想得還要有分量，如果不是的話，您就不會受我威脅。只是還不夠啊，還不夠的，要到你沒有我也不行的地步才可以。我很努力在我的慾望與您的安危取平衡點……燦亞大人，這是我問最後一次，您真的想知道真相嗎？」

「嗯。」燦亞再說一次：「我決定好了就不會走回頭路。」

齊維注意著周圍的動靜，以心聲說道：『在狩獵祭上有人要暗殺您。如果我沒有那麼高調地接近您，那些人不會那麼快收手。您這一陣子必須待在輿論的中心，讓每個人都注意著您，我也不會讓您離開我的視線範圍。』

說不震驚是假的。

但不至於亂了手腳。

短時間內燦亞還無法推出是誰想要暗殺他，他先問一個最緊要的問題：『對方是比你厲害的高手？』

『是高手，但我可以應付，只是身分有點敏感，不能貿然行動。』

齊維再次盯著燦亞，確認燦亞大人沒有那種色色的氛圍後終於才要回去，他幫燦亞撫平衣服的皺褶，向燦亞伸出手說：『不急的，燦亞大人。詳細之後再說，該走了。』

燦亞沒有發現到齊維的小心思，他點頭，跟著齊維一起回到馬車上。騎士團的據點是一座神殿，裡面包含騎士團與神職人員，起初在森林裡建立神殿是為了與生活在森林深處的神獸進行交流，傳說神獸也是天神賜予給人類的禮物，神獸能夠幫助人類抵禦外敵，不過近幾十年來神獸越來越少出現，於是也進駐騎士團以確保神殿的安危。

帝國統一只有一個信仰，那就是天神。

唯有代表天神、能夠感應到天神存在的大神父能與克利夫斯帝王站在同個高度講話。在很久以前，燦亞好像見過大神父，不過大神父身處市區的神殿，如今大概也沒有機會碰到。神殿的外表是純白色的，殿前有一座神像，各式各樣的神獸圍繞著天神，高壯的天神手上握有太陽，太陽賜予了人類，握有力量的人類終於得以開闢人類帝國。

燦亞與齊維下馬車後經過門口高聳的柱子，被分開來帶進各自的小房間，然後就結束了。

真的只問幾個問題留下審問紀錄，燦亞就被放出來。

出來後他察覺到很多視線，不過那大部分向著齊維。燦亞發現這裡的人都認識齊維，還露出十分恭敬的樣子，明明齊維也是嫌疑犯，經過的人卻下意識地行禮，而齊維對外仍然是冷酷人設，全都只給一個眼神，以他的年紀與資歷來說可說是相當無禮，不過這裡是騎士團，以實力而言，齊維確實有資格跩。

超跩。

面無表情、高不可攀、惜字如金。

燦亞都要以為自己看到的變態騎士都是假的。

『燦亞大人，您繼續盯著我看我就要勃起了。您的視線好火辣。』

眼看齊維面不改色地在和其他人交代事情，心聲卻如此糟糕，燦亞不知道是第幾次感嘆他的騎士怎麼會變成這樣……啊，好像是他自己造成的。若是當時好好和齊維解釋，而不是選擇消失，齊維就不會發瘋了嗎？

事到如今，想這些也沒有意義。

他該好好想想要怎麼向父親說明，不如說，真的要揭開瞞了這麼久的謊言嗎？為什麼現在才改變了想法呢？為什麼騙了父親這麼久？這並不是以青春期當作藉口就可以解決的巨大謊言，但燦亞可以說，他或許只是在等忍無可忍的那一天到來。

因為很喜歡，喜歡與父親一起過著像現在平靜的日子。

所以聽從命令，壓抑了、忍耐了、逃避了，連自己的母親是生是死都不曉得，不曾過問。

足夠狠心。

可是他從小就接受這樣的教育啊，要說的話，責任真的都在他身上嗎？父親在這之前難道有說過收回命令這種話嗎？有像今天藉由齊維的事說得那麼直白？

……嗯？

是不是有？比如說在平常的對話裡——

「你有特別想做什麼事嗎，燦亞？」

「如果你對於餵馬感到不耐煩了也可以做你想做的事情喔。」

「想做什麼都行，什麼都行，很多事都已經不再重要……這樣說好了，五分鐘，開放五分鐘的時間，你可以問我任何問題。」

「咦？與其說這個，不如趕快去澆花嗎？咦？噢……好，下次再……啊，對了，我早上忘記清理馬舍……嗯嗯，馬兒們又要發脾氣了。」

「我也不是特別擅長這個才選擇這份工作。燦亞，你不問我——啊啊啊燦亞！快抓住那隻跑掉的小馬！」

「你沒有想對我說的話嗎？嗯？受傷的貓……對，牠沒事，現在在我房間，你去學校的時候我有好好幫牠包紮了，你這次有先跟我說，謝謝你的誠實，燦亞。」

「好吧，先不說了，我去拔草。」

「唉，這枯燥乏味的苦勞……」

回憶結束。

諸如此類的提問仔細想來有很多，只不過燦亞當下沒有想那麼深，都把那些當作父親想偷懶不工作的藉口。如果是這樣的話，父親是不是早就想收回他的命令？早就希望他能做自己想做的事情？而他都忽略了，又或者，逃避了。

這之中還有一個可能。

父親問他有沒有話想對他說的前提，有沒有可能是已經知道他是Sun了？

他一直在給燦亞機會，誠實說出來的機會，燦亞卻選擇隱瞞到底。

『……齊維，我好像死定了。』

『嗯？誰敢對您——』

『我父親。』

『噢。』齊維停頓，看著燦亞上馬車後自己也跟進去，被審問完後自然要離開這裡，齊維早已吩咐好他人準備馬車，現在這輛馬車正是要行駛到燦亞的家，他想了想，果斷做好決定說：『既然是岳父大人……那我只好和燦亞大人一起殉情了，不過，真有燦亞大人說的那樣嗎？我認為您好好說，岳父大人應該還是會原諒您的。』

『如果事情這麼簡單就好了，現在想來，父親好像有給我好幾次機會，假如我跟他說要好好談，卻片言未提我是Sun……老實說，不知道後果會怎麼樣，但我已經決定好要面對，不能逃避。』燦亞光是想像父親微笑生氣的畫面就覺得頭痛，此時馬車在齊維的指示下開始動了，他看著對面的齊維，欲言又止，『除了，嗯……我是Sun這件事要跟父親談之外，我也有話要對你說，你要先做好心理準備。對於有人要暗殺我，可能還有其他理由。』

齊維突然倒抽一口氣，『燦亞大人要跟我求婚嗎？』

『……不是。為什麼會講到求婚？』

『那我就不用做心理準備了。』齊維笑說：『只有那件事會讓我嚇到。』

燦亞從座位上離開，上前搭住齊維的肩膀，緩緩靠近齊維的嘴唇，問說：『你這樣也不會嚇到？』

齊維自然地摟住燦亞的腰，笑應：『燦亞大人這樣我只會勃起。』

『……』

好歹也說個受寵若驚之類的。

燦亞本來想要回到自己的座位上，可齊維就這樣抱著他不放，還用他的那身蠻力讓燦亞坐到他的腿上。馬車的晃動使燦亞一直有種被什麼撞到的錯覺，至於那是什麼，燦亞不打算去探究，即便齊維滿臉笑容期待著他問，他也直接無視，在力氣上燦亞鬥不過齊維就乾脆選一個舒適的姿勢坐好放鬆，燦亞不忘命令：『我要想想怎麼和父親說，你先安靜，也不能亂動。』

『是。那我可以聞燦亞大人嗎？』

『……不要打擾我就好。』

『是。』

一路上其實燦亞什麼都沒有在想，他在聽齊維的心跳聲和呼吸聲。

他已經很久沒有集中注意力了。

甚至能聽見遠方有馬蹄聲正在往他們這邊奔來。

燦亞靜靜聽著，接著在某個瞬間放鬆身體，此刻耳邊聽見的只剩齊維的呼吸聲，他抬頭問：『齊維，關於歐塔克你知道多少？你說回到你家再說是有什麼理由嗎？』

『沒有什麼特別的理由。』齊維露出笑容，『只是想向您展示我準備好的房間，溫暖的、舒適的……若您想要躲人，害怕別人要傷害您，您可以永遠躲在那。』

『所以，是監禁？』

『很遺憾您這麼想，我為您打造的並不是監獄，而是一個家。』

『……目前還不用。』

『好的。』齊維面不改色地繼續說：『燦亞大人，狩獵祭結束後接著準備的就是Sun的考驗，再七天考驗就要舉行了，我猜有人知道您的身分所以想要提前除掉您。』

『有查出那個人是誰嗎？』

『是陛下，克利夫斯陛下。我想他只想讓三位皇子裡的任何一位在考驗中贏得勝利，根據我的調查，盯上您性命的人屬於皇室祕密特殊暗殺部隊的人。』

聽到熟悉的名字燦亞一愣，不慌不忙地問：『這樣啊？』

齊維沒想到聽到陛下的名號燦亞也這麼冷靜，眨著眼應：『是這樣的。』

『還有嗎？』

『歐塔克的確是不起眼的貴族，但不可能沒有被記錄在皇室圖書館的名冊下，即便被奪去貴族的資格也應該被記錄上去，可最一開始您們並不存在。』齊維一一道出他祕密調查出來的消息：『是您的朋友，夏普提起您的名字後，歐塔克重新被眾人得知才出現在名冊裡，很明顯，您們被刻意抹滅掉了，我找不到原因，直覺認為有人在陷害您。為什麼克利夫斯陛下想要抹滅歐塔克的存在，說實話，我只有想到一種可能。』

『說說看。』

『您和克利夫斯有血緣關係，可能是您母親那邊……公主通常出嫁後就跟隨夫姓，您才是燦亞．歐塔克。假如克利夫斯為了鞏固自己的勢力，那麼他不會允許你的存在，因為只要擁有克利夫斯的血就能擁有神賦，Sun在考驗舉行時也會覺醒新的神賦，所以考驗對擁有兩種神賦的三位皇子很有利，要是您突然出現——』

『不，等一下，沒有那回事。』燦亞緊急停下齊維的猜測，『我看起來像是有神賦的樣子嗎？』

齊維歪頭，凝視著燦亞的臉說：『美貌？』

『別鬧。』燦亞嘆口氣，心想自己過去的身分總要說的，早說晚說都一樣，因此直接說出提示：『你剛才有提到的，歐塔克的真實身分。』

齊維一點就通。

他又眨眨眼，緩慢道出：『皇室祕密特殊暗殺部隊。』

『嗯，最一開始這個部隊由我的父親組成，後來也是由我的父親解散。想必這之後陛下有組新的部隊……』

『燦亞大人。』

『嗯？』

『既然如此，您怎麼會認為自己瞞得過您父親呢？』

一針見血。

燦亞啞口無言，最終只能附和說：『也是呢。』

『看來我們真的要殉情了。』齊維感慨，說出自己的想法：『以前暗殺部隊在我們騎士團是個傳說。我敢說，整個帝國沒有人打得過我的父親，除了一個人，我父親和我說過，能贏過他的那個人已經消失了。』

燦亞張嘴，又闔上嘴，慢吞吞地猜測：『該不會是我父親……』

齊維微笑：『……』

燦亞乾笑：『……』

哇真的要殉情了。

齊維努力安慰自己的主人：『沒事，現在的重點是陛下重組了暗殺部隊想要殺死您。』

『可能我的父親掌握著陛下不為人知的祕密？但為什麼現在才要行動？還是說真的是因為我是Sun？』燦亞感到頭疼，眼裡帶著些許的不耐：『有點過分呢，當初我們為陛下剷除了那麼多目標，現在卻反咬我們，真是令人不悅。』

齊維又盯著燦亞看，他好奇身為暗殺部隊的燦亞有過什麼樣的經歷。在他的觀察下，燦亞並沒有那種身手，他的主人總是一副與世無爭的樣子，跟暗殺兩個字完全擦不上邊，他想問，卻聽到靠近的馬蹄聲，不知是敵是友，齊維立刻反應過來護住燦亞，窗外有道人影駕著馬從馬車旁掠過，外面傳來馬鳴，馬車急停下來，聲響驟停，齊維打算待在馬車裡迎擊。

某個人逐步靠近馬車。

映在窗戶上的臉即是燦亞最熟悉不過的人，夏普。

「夏普？」

「燦亞！雖然很突然，但我有話要跟你說！」

在這個時機點出現，燦亞不免對友人產生懷疑，夏普自知理虧，直說自己的來意：「你快點帶你的騎士回家幫忙！我以為他們的目標只是你，但……可惡，總之他們全部行動了！陛下的暗殺部隊！他們要剷除的是全部的歐塔克！你！還有你父親！」

燦亞聽得一清二楚。

「齊維！」

「是。」

齊維已經確認過夏普是一個人過來的，周遭也沒有任何殺氣，他立即抱著燦亞踹開馬車，迅速地帶他跳上馬。他們一起看著跌坐在地的夏普，夏普抬起雙手，想證明自己並無惡意，他只是對燦亞道：「請相信我，我絕對不會害你的，燦亞。」

「……好。」

燦亞沒有多說，雖然他想問的有很多，不過情況緊急又突然，不曉得夏普所言是真是假，但攸關父親的性命，燦亞一定要立刻去確認，齊維負責駕馬離去，途中齊維看出燦亞的擔憂，先說出最壞的打算：『可能是陷阱，拙劣的陷阱，但通常有用。』

『那也沒辦法，再加快腳步。』

『是。燦亞大人，我早料到夏普不是一般人。』

『……我認為你的意見帶有私人恩怨。』

『總之，他很有可能也是要暗殺您的其中一人。』

『是這樣的話……』燦亞惆悵地道：『那真是令人難過。』

『……』

『不過我的父親若是有了三長兩短，我不會放過他。』

『好好好。』

『……』

真的是帶有私仇。

他們以最短的時間回到燦亞的家，這一帶相當寂靜，馬兒也安靜地在休息，絲毫不像有人來襲擊過的樣子。燦亞和齊維卻在下馬前聞到濃厚的血腥味。

從家裡傳出來的。

齊維欲抱燦亞，沒想到一個沒注意燦亞便從他的懷裡消失，燦亞先一步下馬要衝進房內，齊維心一驚，深怕有他沒有察覺到的危機，以最快的速度跟上去，一前一後的兩人便一起看到了屋裡的慘狀。

地板各處散落著屍塊。

萊洛完好地站在血灘上。

他擦拭著劍上的血，裝作不經意地踢開腳邊的屍塊，接著回眸對門口的燦亞與齊維露出笑容。

「燦亞呀。」

「怎麼這個時間回來？不是說了，要你晚點回家嗎？」

「還有啊，衝動地跑進充滿血腥味的地方是我教你的嗎？不是吧。」

萊洛的臉上也沾有鮮血，他笑得讓人心裡發寒。

「不是吧，燦亞？」

燦亞倏地打了聲嗝。

是忘了，還是害怕想起來？

關於父親的可怕。

即使是齊維，他也沒想到會看到的是這幅光景。

『燦亞大人，您說誰會有三長兩短？我只看到三條腿和兩條手臂在岳父大人的腳邊。』

『……說好的，你要保護我，齊維。』

第一次。

燦亞默默地躲到了齊維的身後求保護。

Mr. Knight, Please Restrain Your Heart's Whispers

Chapter Two

歐塔克之子

齊維的每一根神經都在警告自己眼前的人是高手，並且是很會隱藏的高手。

萊洛給他的感覺完全不一樣，他從頭到尾都沒有在萊洛的身上查覺到危險，但隱藏在血腥味中的肅殺之氣將周圍的生命體巧妙地包覆，使得獵物察覺之時，頭與四肢已經離開原位，生命體就此凋零，那是高端暗殺者最後的溫柔，讓獵物不曉得自己是怎麼失去性命。

騎士之道並非如此。

堂堂正正的騎士會直視著獵物的眼睛，就算是殘酷的肢解也不會移開目光，更不會藏在暗處襲擊他人，因為他們相信自己的力量與揮出來的每一劍能貫徹到底，齊維從小接受的教育便是如此，然而面對未知的高手時他立即改變自己的想法，如果是為了保護燦亞，那麼要他拋棄騎士之道也行。

可是在他眼前的也是他的岳父。

燦亞大人的父親。

那他怎麼可以有除掉岳父大人的想法！

是的。

齊維對於燦亞的愛勝過了他應對危險的本能。

他抹去任何反抗的慾望，只是好好地將燦亞護在身後，再以極為正直的目光向著他的岳父大人，那閃亮亮的眼神似乎正在傳達著「岳父大人」這四個字，大聲喊出來可能還要加好幾個驚嘆號。萊洛第一次見到齊維時心想不愧是呼聲最高的最強騎士，他絲毫沒有藏住自己強大的想法，這也不是不好，騎士本該如此，但這樣適合燦亞嗎？假如想要輔佐燦亞，更應該內斂一點，就像齊維剛才看到他時，立刻思考該怎麼打敗他的模樣。

這樣很好，並不是不知變通，自大地相信自己面對未知的敵人也能夠保護主人。齊維還有很大的成長空間，只是，氣氛怎麼又變了？萊洛面對騎士的坦蕩目光，特別困惑，這目光什麼意思？讓人好煩？誰是你的岳父大人？沒有，還沒有那回事，是騎士又不是女婿，別想隨隨便便入贅到他們家。

於是他們的眼神對決便是「岳父大人」以及「不不不，沒有」之間來回互打。最終是萊洛先敗陣下來，他好像能夠明白兒子被齊維吃得死死的原因了。本來還想要以這個狀態嚇嚇他們，親自看看齊維的實力，或者看燦亞會不會為了齊維站出來……不過現在沒那個心思了。

「你們倆先進來，把門關好。」

密閉的空間內有多少屍體一目瞭然，燦亞不小心與一顆頭顱對視，他心一驚，因為萊洛又開口了。他把擦拭好的劍隨意地插進某具身體，慢悠悠地說：「我們的燦亞學壞了。我是讓你放學後邀請齊維爵士約會，不是讓你翹課去約會。」

齊維欲辯解，燦亞馬上攔住他，讓萊洛繼續問：「齊維爵士怎麼沒有阻止燦亞，反而和燦亞一起出現在這裡？」

齊維眨了眨眼，以最誠懇的表情說最瘋狂的話：「對不起，岳父大人！我被愛情蒙蔽了雙眼——」

燦亞適時阻止，天曉得齊維要說出什麼胡話，他深吸口氣，主動上前問：「父、父親！可以請您先解釋一下這些人是……」

「無關緊要的人。」

「您沒事吧？有受傷嗎？」

面對燦亞擔心的提問，萊洛冷冷地說：「我怎麼會有事？我不知道你從哪裡聽到什麼，但這不是你翹課回來的理由。」

「怎麼不是！」燦亞不由得大聲回應，他特別不喜歡萊洛對於生死之間的冷漠，「您是我的父親……我不希望您受到任何傷害。即便您是強悍的歐塔克之主……我依然會擔心您。父親，我是有話想要跟您說才回來的，讓您失望很抱歉。途中聽到有人要攻擊您的消息，我無法……像您一樣冷靜應對。」

燦亞捏著指尖說完，委屈地像個孩子。

擔心家人這種天經地義的事情，為什麼要被罵？

萊洛無意間又回到過去的模式，他看著委屈的孩子瞬間清醒，還接受到齊維譴責的目光。好，嗯，行，這是他的錯。萊洛撓著頭髮，卻發現他的頭髮也黏上血液，導致他才擦乾淨的手又變髒了，他收起想要去觸碰孩子的念頭，放軟語氣說：「也是。我怎麼能以過去的標準來看待你？是我又對你太嚴厲了。我一直希望你能像普通人一樣長大，而不是像這樣。」

萊洛舉起自己重複沾上血的手笑得無奈，燦亞微怔，底下的餘光瞥見地板上的血灘蔓延到他的腳尖，鞋子無可避免地染紅了，此刻他忘了對父親的恐懼，扁著嘴不滿地應：「父親，我小時候以為您根本不愛我。」

「咦？」

「因為您從來不會主動來看我，只有母親在場的時候您才會跟著過來。」燦亞道出他與萊洛過去的父子關係：「你甚至沒有誇獎過我，好像一點也不在乎我。」

「沒沒沒沒有！我讓你這樣想了嗎？」萊洛慌了，「怎麼會這樣？我這個做父親的竟然如此失敗……啊這樣的我怎麼有資格譴責你？是的，我那個時候確實是糟糕的父親……」

「後來我才知道那是我的父親過於笨拙，不想要讓沾血的手碰我，畢竟父親每次都這麼張揚暴力。」燦亞用眼神示意周遭的屍體，他接著繼續說：「習慣於血腥的您，更別說怎麼和小孩子相處了。以上這些都是母親跟我說的，所以我選擇體諒您。還記得我們剛來這裡的第一年嗎？我們相處起來特別尷尬，但一年一年過去，我才真的認知到父親是愛我的。我也愛您，父親，請別說貶低自己的話，像這樣是哪樣？」

燦亞主動握上萊洛沾血的手，堅定地道：「我認為我們是一樣的，我們一樣是歐塔克。」

萊洛憋……不，他憋不住。

「我有時候會想，我是何德何能，能夠擁有這麼棒的兒子。」他眼角含淚地笑了笑，看到燦亞的回應他的笑容，突然硬是將柔軟的心收回來，他想起自己還有要教育兒子的事情，話鋒一轉：「不過這跟你翹課回家是兩回事喔，有什麼話是不能等你上完課再回家說？」

燦亞的情緒倏地被打斷。他想反正早說晚說都是一樣的，他先確認：「這裡的人都死透了嗎？」

萊洛笑笑地在脖子處擺手，「腦袋都沒在身體上了。」

要打破長久以來的謊言是件難事。

燦亞能感覺到齊維站在他的身後，齊維意外安靜，也沒特地傳達心聲，可是靜靜的陪伴也帶給了燦亞一點勇氣。燦亞做足心理準備，一口氣說完：「父親，我是Sun，而齊維是我的騎士，這跟暗殺部隊突然來襲擊您有關聯嗎？」

「一半一半。」萊洛的回應非常淡然，他比劃著周邊的人體，「這些屍體等會會有人來處理，我們換個地方說。」

這與想像中的完全不一樣。萊洛平靜的回覆反而讓燦亞更害怕，他拉住父親，小心翼翼地道：「父、父親，您不生氣嗎？對不起，我一直隱瞞您。」

萊洛故意嘆了好大一口氣。

「我一直在等這一天到來。」萊洛露出遺憾的表情，然後像變臉一樣立刻揚起燦爛的笑容說：「總而言之，我們去地下室打一架吧。」

「咦？」

「你們兩個一起上也可以，還是說未打先認輸？」

燦亞不管怎樣先示弱：「我認輸。」

「呵呵，沒用。把事情講完我再跟你算帳，燦亞。你們先跟我來。」

萊洛笑咪咪地走向自己的房間，地板因而留下鮮紅的鞋印，不過他不在乎，要收拾的人並不是他，萊洛走到一半停下來，目光朝向窗外的人影，點頭回應，人影收到訊息後離開窗邊，燦亞見狀，疑惑地問：「那人是？」

「歐塔克的人，你認識，他會幫我們清理那些屍體。」萊洛一進房門就有隻貓擋住他的路，他把腳邊的黑貓抱起來，回頭看出燦亞的震驚，笑道：「我們只是暫時隱退，並不是滅亡，以後有的機會是相認。」

他的意思是要燦亞不要急。

燦亞穩住，不再去尋找那道人影。他和齊維一起跟在萊洛的後面，萊洛的房間東西不多，只有一排的書櫃、一組桌椅以及床鋪，剩下的就是角落的貓窩。萊洛讓他們等會，他抱著貓走到窗邊的書櫃前，拿出最上層的其中一本書，再讓貓鑽進那個縫，肚子的部分有稍微卡一下，但還是順利進去了。

接下來，燦亞以及齊維就看到貓消失了，不曉得從那個縫鑽進哪裡，結果下一秒發生更令人震驚的事，從左邊數來的第二個書櫃突然往後退，露出一個神祕的空間，貓咪從那悠閒地走出來，衝著萊洛喵喵叫，萊洛從口袋裡拿出零食獎勵牠，非常滿意看到身後的兩人震驚的樣子。

『燦亞大人，您知道您家裡有神祕密室嗎？』

『……不知道。』

「順帶一提，如果不是小歐的話，沒辦法開啟這個書櫃喔，開關在裡面。」萊洛領著他們走入神祕空間，右側就有個樓梯可以直通地下，後退的書櫃則是退到底部，萊洛以腳指出書櫃最底下的格子，一整排的書中間剛好空出一格，「而且只有小歐可以躲在這裡不被壓扁。」

齊維看到那隻貓晃著尾巴回到自己的窩趴下休息，忍不住又問了燦亞。

『燦亞大人，您知道您家的貓那麼聰明嗎？』

『……不知道，牠只會對我翻肚子賣萌討吃的。』

「好了，走吧。」

萊洛介紹完畢後拿起掛在牆上的蠟燭，照亮前頭漆黑的樓梯，走到底又是一個新的空間，天花板上有個天窗，被什麼東西擋住了，萊洛熟練地拿起長竿將蓋在上面的乾草移開，陽光落進來，燦亞終於將空間的模樣看清楚。

堆滿了雜物，到處都是翻開來的書。

牆角處的黑板上面寫滿了字，燦亞才剛想要細讀，萊洛就挪出了個小空地要他們坐下。

「坐著聽吧，我要說的很長。」

有祕密的不只是燦亞。燦亞認知到這點，乖乖地拉著齊維席地而坐，卻突然被衝出來的某物給撲倒了。燦亞被舔得臉上滿是口水，驚覺在他身上的是那隻他以前撿回來的小白狗。

「你去上學的時候我都有放牠出去讓牠跑一圈。」萊洛解釋牠可沒有虐狗，小傢伙們在他獨處的時間給他不少樂趣，「沒讓你知道是因為你當時對我說謊。」

燦亞面對狗狗向他投射而來的閃亮眼神感到心虛，如果當時有好好地說清楚，小狗就不用生活在這裡了。與此同時，燦亞也感覺到另外一隻狗的忌妒目光。

『燦亞大人。』

『燦亞大人燦亞大人請讓您懷裡的狗馬上離開，你擁有一隻狗就夠了，那就是我。』

齊維又用眼神在吵架，只不過這次的對象是狗。

燦亞這就不明白了，『不是，貓可以，狗不行？』

『品種不一樣。』

『你和狗的品種也不一樣。』

齊維的心聲特別堅定，『我是燦亞大人的狗。』

『你——』

「你們在用心聲交談嗎？」

燦亞與齊維一同停止爭吵，他們看向搬了張椅子來坐的萊洛，事到如今，燦亞坦然應對：「嗯。」

萊洛的表情無奈，倒也沒有譴責燦亞的謊言，淡淡地說：「明明只要你跟我說，我也會跟你說……關於你母親的下落，你的母親可能還活著。」

「什麼？」燦亞瞪大眼睛。

「說謊是必須付出代價的，燦亞。」萊洛冷漠地回：「你不能怪我，對嗎？因為你也對我說謊了，再加上我給你那麼多次坦白的機會……」

「可是——」

「你沒有問我，燦亞。」萊洛低聲強調，他看出燦亞的不甘，但僅是看著，「先聽我說吧。我想想，要從哪邊說起……你的母親，其實是現今陛下的妹妹，而我本來是陛下的騎士，不過我已經和陛下解除關係了。」

燦亞傻愣。

齊維的猜測竟然是真的。他下意識地看向齊維，齊維跪坐在他的旁邊，道出自己的疑問：「但聽說陛下的妹妹長期臥床，狀況不是很好。」

「那是假消息，希爾妮已經不在這個世界上。我的意思並不是說希爾妮死了，是不在這個世界，我們所在的地方並不是唯一，還有別的世界的存在……」說到這裡，萊洛不免自嘲：「這麼說很難相信，是吧？」

「不，比死的消息還要好。」燦亞正在努力吸收萊洛說的每一句話，「那麼，要怎麼找回母親？」

「我們對於其他世界的消息很少，無法確定她的狀況，但也可以說還有希望。」萊洛止不住嘆息，他研究這麼長的一段時間，終究只有一個辦法，「渺茫的希望還是希望……你要成為王，燦亞，唯有王的親信能夠繼承天賦。人們以為天神只有賜予我們神賦，其實不是，神賦與天賦缺一不可，然而以人的極限來說神賦與天賦不能在同一個身體裡面，會出問題的，所以繼承天賦的人只能是陛下的親信，可能是親人，可能是伴侶，也有可能是騎士。」

「只有繼承天賦的人可以進入主神祭堂讀取世界預言與世界真理，透過這些幫助王度過危機、治理帝國，但是據說繼承天賦的人會日漸衰弱，並且在新王誕生時死去，因為得知世界真理的人只能有一個。」

燦亞皺眉，問：「不能選擇不繼承嗎？」

「我們也有想過這個問題。根據皇室文獻，選擇不繼承的帝國全都滅亡了。」萊洛靠在椅背上，猶疑幾秒，繼續說：「一開始，我、希爾妮和克利夫斯說好由我繼承，可是最終克利夫斯，不，我的摯友，希爾魯。他選擇全部自己承擔。」

「可父親您不是說神賦和天賦不能——」

「是，希爾魯卻完好如初地從主神祭堂走出來，就當我們以為沒事的時候，症狀慢慢產生了。」

那是萊洛一生的遺憾，光是回憶就忍不住露出痛苦的神情。

「天賦與神賦在互相爭奪希爾魯，導致希爾魯產生精神分裂，你們現在看到的陛下，是我不認識的希爾魯。我的摯友……在那一晚，你的母親被世界丟棄的那一晚死了。」

萊洛的拳頭悔恨地敲向大腿，「我對希爾妮說謊了，總是說希爾魯會沒事，但親近希爾魯的人都知道，我們熟識的希爾魯正在漸漸消失，而另外一個希爾魯……變得特別激進，試圖剷除威脅到他地位的任何人，那就是暗殺部隊誕生的理由。」

「我一方面因為愧疚所以為了希爾魯殺了很多人，一方面又想要拯救希爾魯，我一直在尋找能夠轉移天賦的辦法，本該是我……是我繼承的，我卻因為一時的軟弱，選擇讓我的主人獨自面對。」

萊洛抬起目光，望向聽著的燦亞，難得露出軟弱的一面。

「我害怕了，只要想到我的生命有了明確的期限，我就無比害怕。」萊洛再次垂下頭，扯著嘴道：「希爾魯……原本是很耀眼的人，可能就像齊維眼中的燦亞。他是天生的Sun，天生就該成王的人……我不曉得他了解了什麼世界真理，他對我說，神是不公平的，所以他要自己成為神，除了統治這個帝國，也要去其他世界創造帝國，替神治理祂們照顧不了的人類。」

「多麼狂妄啊。」萊洛笑說，勾起的脣角帶了點苦澀，「但我知道他是認真的，他籌備軍力，想要先從消滅人魚與精靈作為開頭……」

「可母親又是怎麼……？」

「從我們的世界到另外一個世界似乎需要一扇特殊的門，繼承天賦的人才能看得到門，除此之外精靈也能看得到。人們常說精靈是神的寵兒，希爾妮的母親就是精靈，她具有精靈血統，和希爾魯是同父異母，這件事情我是當時才知道，你的母親也對我說謊了。」

「我們各自因為為了你好的謊言而有了這種下場。」萊洛掩著眼睛輕笑，這就是他希望燦亞能夠對他誠實的原因，每個謊言都必須付出相對的代價，「那天詳細的情形我至今……仍然不清楚，只知道我趕到的時候門已經被打開了，門想要吸走希爾妮，希爾魯正抓著她。那時我衝過去也想抓住希爾妮，希爾妮卻只跟我說不是希爾魯的錯。我猜門是希爾妮打開的，門吸走了希爾妮就自動關上，也許門只對開門者有反應，而在那之前她用了神賦操控希爾魯的記憶給我們時間逃，希爾妮的神賦是可以改變他人的記憶，長至八年，短至一天。當下在我眼前的是我認識的希爾魯，他在遺忘我之前，要我跟他解除關係。這就是為什麼我們這幾年能夠過得如此安逸。」

說完了。

萊洛說完了當年他們在那個夜晚突然脫離歐塔克的原因。

燦亞將懷裡的小狗塞給齊維，站起來說：「父親，請恕我直言，不管有什麼理由您都應該提前跟我說，我們可以提前做好準備，您也不用一個人研究、一個人背負。」

「做什麼準備？」萊洛冷聲反問，「我的兒子如果沒有成王的意願，難道還要逼你嗎？你當時才七歲，作為歐塔克我已經逼迫你太多了……打打殺殺的日子也差不多夠了。八年過去，Sun的考驗即將開始，新王誕生之刻就是希爾魯的死期，我不認為希爾魯會乖乖等死，所以我也不希望你去參加Sun的考驗，希爾魯為了完成他的大業不知道會做出什麼事情，我想過、想過我們可以繼續躲下去……」

「那母親——！」

『燦亞大人。』

齊維的呼喚讓燦亞一頓，他注意到萊洛的難堪與無助，他一個人在地下室度過了多少苦惱的時間，滿屋子裡都是相關的文獻與他的筆記，而他猶豫的點永遠是他的孩子。

「我不知道，燦亞。要找回你母親的代價實在是太大了，也會波及到你身邊的人。你想，你要找誰繼承天賦？只有要繼承天賦的人知道打開主神祭堂的方法以及靠近那扇門，你能犧牲誰？」萊洛一一揭露自己藏不住的私心：「我希望你能過得幸福快樂，你比什麼都還要重要。我又害怕了，怕你也離我而去。從頭到尾我感到失望的對象都是我自己，從最一開始說謊的人也是我，我只教育你身為歐塔克該怎麼做，卻隱瞞自己的身分。我總是想，假如你一直沒有坦承，我們就躲一輩子，可是我又會想起你的母親和過去的希爾魯……我猶豫不決，因此狡猾的我將選擇權給了你……我沒有對你失望的，燦亞，從來沒有……」

『您應該對我失望的，您怎麼可以沒有。』

齊維聽到燦亞的聲音，但這句話並不是對他說。

『那我逃避的那段日子又算是什麼？我也、我也從來沒有對您失望啊……』

齊維輕輕鬆開燦亞捏緊的拳頭，他向燦亞微笑，突然站出來說：「岳父大人，燦亞大人說他也從來沒有對您失望。燦亞大人因為喜歡與您一起過這樣的日子所以才沒有說出真話，燦亞大人比誰都還要珍惜您……不過，他也很愛我、很珍惜我。」

萊洛眨著眼，忍不住問：「後面這句是你自己加的吧？」

齊維依然大聲道：「……燦亞大人愛您也愛我！」

「行了。」燦亞無奈地將齊維拉到身後，他捏了一下齊維的手，於心聲中傳達謝意，接下來換他說出真心，他來到萊洛的面前蹲跪下來，握住父親的手說：「我也害怕的，父親，但我不認為您真的想逃。聽起來您很倉促地解除了您和陛下的關係，您就沒有想對希爾魯說的話嗎？您若真的想逃，您就不會留在這裡了，應該要帶我到更遠的地方。」

「您教過我的，歐塔克是生是死都要一起。這是我的選擇、我的判斷也是我的意願，陪我一起去面對、一起去尋找吧，父親。真的沒有其他方法可以靠近那扇門嗎？沒有，我就成王。我並非是為了歐塔克，而是為了我自己、我的家人以及我的騎士，請站起來，父親。」

燦亞站著，垂首詢問：「請告訴我，您相不相信我？」

萊洛有一點想哭。

他想起過去的那段歲月。

希爾妮抱著燦亞，說這是天神賜予給她的禮物。

希爾魯也跟他說，你的兒子一定會成為一名很棒的人。

是啊、是啊。

已經是很棒的人了。

「……歐塔克是希爾魯賜予給我的名字，畢竟我本來只是騎士。」萊洛從椅子上站起來，看著站在天窗底下的燦亞，下定決心，說：「即便到了現在我還沒有丟棄它，那想必是心有不甘吧，而且那晚的詳細情形說實話我也還沒有搞清楚。燦亞，我相信你，只要你想，你就會做到最好……所以你後面的騎士為什麼在哭？」

齊維無聲無息地抹去臉上的淚珠，「我也有被算在裡面，太感動了，燦亞大人果然是要跟我結婚……一生一世不離不棄。」

萊洛想說些什麼，但放棄了。

燦亞想說些什麼，也放棄了。

最後父子兩人決定無視騎士，繼續討論正事。

「現在還有一個問題，沒有人會承認突然跑出來的Sun。即使你通過了血測，你現在的身分依然是平民，除非讓大家知道歐塔克曾為皇室效命。」

「口說無憑。」

「是，我們負責暗殺，當然不能被大家知道，但希爾魯曾經就為這樣的我做過一個證明。」萊洛仔細回想：「上面寫有歐塔克的貢獻以及希爾魯的親筆簽名，那個卷軸無法被消滅，並且交由某個貴族保管。」

「誰？」

「庫克。」

「為什麼是庫克？」

「沒為什麼，當初就隨便找了一個貴族。」萊洛苦笑，「沒想到真的會用到它。」

講到庫克就想到考伯頓，燦亞光是用想的就覺得累，與其跟考伯頓打交道不如……

「好，今天就先這樣，明天再想辦法，樓上差不多該處理好了。」萊洛自顧自地做結尾，「對了，地下室有很多關於Sun考驗的紀錄，有需要你們也可以查看。」

「父親……」

「該準備晚餐了。」萊洛意有所指地補充：「今天我來準備，在這段期間，你想幹嘛就幹嘛，燦亞。」

燦亞一愣，應：「好的，父親。」

後來，他們一起離開地下密室。上面果然已經清理完畢，幾乎是煥然一新。燦亞與齊維先回到燦亞的房間，不過沒多久齊維就被趕出來，他想了會，獨自一人去馬舍幫忙整理，回到屋內時外面的天色已經暗下來，他也看到桌上準備好的晚餐以及萊洛的背影。

「岳父大人。」

「……齊維？」萊洛轉身，將手放到背後問：「你怎麼在這？」

「燦亞大人說需要一點時間靜一靜，所以我就去幫燦亞大人清理馬舍了。」

「這種事你也願意做？」

「只要是燦亞大人的請求，我都願意做。」

萊洛早就想和齊維好好地談談了，某方面來說，齊維是他所見過最奇怪的騎士。

「你是故意的嗎？總是在剛好的氣氛做奇怪的事或說奇怪的話，而且成效竟然不錯。」

齊維沒有反駁也沒有附和，反而笑說：「只是燦亞大人以及岳父大人尚未習慣我的痴狂而已。」

「我不懂，齊維，區區一名騎士怎麼敢對你的主人表達那微不足道的愛？別以為我不知道你們在我家熱吻。不論你對燦亞的愛有多瘋狂，你們終究只是主人和騎士，倘若燦亞成王，更不可能跟你在一起。」

「為什麼不？」齊維說得理所當然：「我和燦亞大人成為先例就可以了。」

「事情沒那麼簡單。」

「那我就把事情弄簡單一點。」齊維微微一笑，「燦亞大人這輩子是不可能擺脫我的。我會讓燦亞大人像我愛他一樣愛我，沒有我就不行。」

萊洛這下明白了。

「原來如此。原來是愛的分量的差別。」

「岳父大人。」

「不，不不不。上次沒說清楚，我還沒有承認你是我們家的一份子，岳父這個稱呼先收回去。」

「岳父大人！」

「大聲也沒用！」

「岳父大人，我是想問，您還有事隱瞞燦亞大人嗎？」齊維看向萊洛欲藏起來的手，「您的手上沾有血，是您自己的血嗎？」

萊洛聳肩：「我沒有隱瞞，只是想說等燦亞回來，明天再繼續說。」

回來？齊維輕蹙眉頭，聽不太懂萊洛的意思。萊洛笑了笑，指向燦亞的房間說：「我不是說過嗎？燦亞很聰明，他像我，他是我們家的天才。」

「歐塔克的天才。」

「他比我還要會藏，齊維。」

齊維瞪大眼睛。某個猜測在心中逐漸成形，他猛地衝進燦亞的房間，飄動的窗簾遮掩著某道身影，那人的模樣在月光下看起來有些飄渺，銀色的髮絲上沾有陌生的鮮血，燦亞輕巧地躍過窗戶，丟棄身上的所有武器，劍、匕首、小刀，上面都刻有庫克的標誌，那是燦亞從他們的守衛中搶來的，現在不需要了。

他曾說過，他不喜歡見血。

因為過去見過太多太多了。

燦亞將手中的卷軸交給了他最信任的騎士，卷軸上證明著歐塔克曾為皇室效命的歲月。

「齊維。」

「七天後，所有人都會知道歐塔克的存在。」

「你可以大聲說，你是誰的騎士了。」

齊維情不自禁地跪下來。

在他的王面前。

「是。」

「我的 Sun。」

／

燦亞的童年是與兵器一起度過的。

一般的孩子三、四歲的時候在學基本的認知，而燦亞的母親，希爾妮，在教她各種武器的相關知識以及用法，起初是想將燦亞培育成能夠獨當一面的騎士，希爾妮精於箭法和近戰技巧，結果不到半年，她便將畢生所學全都教給了燦亞。

「萊洛！我們家的燦亞真的是天才！」

四歲的燦亞自信爆棚，聽到母親這麼誇獎他，插著腰附和：「嗯，燦亞是天才！」

當下的萊洛默默地拍拍兒子和希爾妮的頭，表示「嗯嗯，很棒」，於是五歲後燦亞就有專屬老師，由萊洛的部下擔任，如果說歐塔克最強是萊洛，那麼第二強就是燦亞的老師。

長年在外打打殺殺的男人突然被命令回到宅邸當保姆，想也知道不願意，後來發現燦亞的資質，喔，真香，虐待孩子真開心……不是，教導充滿潛力的孩子真有成就感。燦亞第一次殺人就是在老師的陪同下進行，老師將目標弄得奄奄一息，最後一擊再交給燦亞，六歲的燦亞特別動搖，下手卻非常乾淨俐落，讓那人立即解脫。

他相信這是無可避免的。身為王的候選人之一必定有這種過程，讀過帝國歷史的小燦亞非常清楚，王要背負著許多條性命才能站在最高點傲視眾人，他的母親也教過他，不想奪去別人的性命很正常，可有時候心軟就是對自己殘忍，你放過他人，他人不一定會放過你。

「我們只殺極惡之人，燦亞。」

就連希爾魯也不曉得。

歐塔克會徹底調查暗殺名單上的任何一位，他們會給予無辜之人一個逃跑的機會以及新的身分，但對方從今以後不得再回到帝國，若是發現違反約定，歐塔克將會趕盡殺絕，小孩也不會放過。歐塔克有自己的原則，絕不濫殺，燦亞也是因此以歐塔克為傲，後來，他不再遲疑，表現可以說是青出於藍。

燦亞有一雙出色的眼睛。

他人的呼吸、姿勢、習慣，一般人花了好幾年才融會貫通的技術，燦亞看了就能學會，甚至能做得比對方還要出色。人們總說天才是1%的天分加上99%的努力，這說法對燦亞來說不合適，他確實是天才，只不過他是百分之百的天分加上百分之百的努力，別人的一百分，燦亞能做到二百分。即便現在不再需要暗殺任何人，燦亞依然會觀察他遇到的每個人，舉凡貴族、騎士或是平民都在他的觀察範圍，只要他醒著，他就在學習——

然後把俐落的劍法用在切菜上面。

換個說法，殺人，也可以使用切菜的方法。

首先，去頭去尾，有的切丁，有的切碎，有的用力拍扁……以上方法過於血腥，燦亞暫且不採用，再說他是去偷東西，而不是去暗殺。他偷偷摸摸地進去，過程中敲暈了幾名守衛，順利在收藏室裡找到卷軸，卻和不知道為什麼睡在收藏室的考伯頓對上眼。

好在燦亞有隱藏自己的臉。

好在笨蛋考伯頓自己衝了上來。

好在他和考伯頓有私仇。

要不是海爾出現，燦亞估計還會在那張漂亮的臉蛋上揍幾拳。海爾就不是笨蛋，他立即通報，出動宅邸的所有兵力來追捕他，燦亞沒殺人，僅鎖定幾個特定人士砍下手腳罷了。

誰揍了他、踢了他，不只齊維記得。

燦亞也記得一清二楚。

所以說，是私仇。

等回到家，晚餐也差不多準備好了。

燦亞先去清洗自己身上的血跡才加入飯局，再向齊維和萊洛說明他潛入庫克的情形，在那之前萊洛也和齊維說了不少關於燦亞過往的事跡，總之就是炫耀兒子是天才，齊維也嗯嗯嗯燦亞大人是天才哈嘶哈嘶。

「現在可以說了。」萊洛夾菜放在燦亞的碗裡，以木筷指著燦亞說：「我推測你的神賦就是你那不可思議的學習力，你的眼睛能夠複製別人的一舉一動，可說是人人稱羨的能力。」

「……原來如此。」

「嗯？怎麼？」萊洛笑著調侃：「該不會我們的燦亞單純地以為自己就是個天才？」

燦亞微頓，想了一下，誠實地應：「嗯。」

萊洛被燦亞的誠實噎到，立刻改變說法誇獎自己的兒子：「咳，也是，你能將神賦運用成這樣確實厲害，每個人覺醒的神賦不一樣，我也有看過無法熟練使用的案例。你母親就是，常常出錯，說好更改某個人的記憶兩年，卻改成兩天，沒想到最成功的一次竟然是用在希爾魯身上……老實說我一開始真的很擔心，要是只改了八天我們就完蛋了。話又說回來，你旁邊的……」

他指的是一直盯著燦亞看並且都沒有動筷的齊維。

燦亞已經很努力忽視齊維火熱的視線了，偏偏他就只是看著，一句話都不說，燦亞都不知道齊維是什麼意思，只好先說：「齊維，先吃飯。」

「好的。」

齊維聽令，接著一邊吃一邊看著燦亞，搞得燦亞特別心虛，差點就要認錯，所幸齊維終於開口，在心中。

『燦亞大人，我想再跟您說一次，我愛您。』

『……什麼？』

『我的心為您跳動，您披著月光向我走來時我悸動不已。我想，那就是我的神以及我的信仰了，您真的十分帥氣又美麗，我迫不急待地想要跟全國上下的人炫耀。』齊維揚起笑容，開心的模樣意外有些孩子氣，語氣也帶著炫耀：『看，這就是我的 Sun。』

『……』

燦亞不知怎地沒躲過這顆直球。他的耳朵慢慢變紅，目光也沒有從齊維的笑顏移開，就在這個時候，電燈泡萊洛像馬一樣嚼著菜，酸溜溜地說：「你們對視得有點久，又在講小祕密？」

「咳。」燦亞回神，倏地撇開頭，面對父親的視線又尷尬地咳幾聲，臉皮薄的少年一時沒整理好情緒，支支吾吾地說：「就是、就是——他在問我會不會他的劍法，嗯，對，就這個。」

齊維很配合，以最燦爛的笑顏附和：「是的，我很好奇。」

「我的體型和力氣跟你相差甚多，你的進攻有屬於你的強烈風格，並不適合我。」燦亞為了證明而開始認真解析，「學了，也會改成我自己的，所以不能說是會。」

「您謙虛了。」

萊洛故意長哼，不知道，他就是看不慣兩人冒出甜蜜的氛圍，「齊維，我想問一個很失禮的問題。」

「請問，岳父大人。」

「你不會感到失落之類的嗎？燦亞根本不需要你的保護。」

「不，這樣很好。」齊維放下手中的筷子，認真地答：「雖然這種情況不太可能，但如果在考驗中我不在燦亞大人的身邊，燦亞大人也有能力可以保護自己，不過可以的話，我還是希望燦亞大人先保留實力。」

「嗯……我也是這麼想的。」

萊洛意外因為齊維的回答而對他有些改觀，原來不只是過於瘋狂的愛，也許裡面還摻雜著強者對弱者的保護慾，若處理不慎，保護慾會變成一種病態的負擔，將「我是為你好」的想法強壓給燦亞，但齊維的愛是真的有在為燦亞著想，他們之間的關係無關於強者與弱者，就是一個瘋狂的信徒在追崇著他的神，而神也沒辦法，因為他比誰都還要依賴忠誠又無賴的信徒。

好吧。

讓齊維的一隻腳踏進歐塔克。

「齊維，不算今天，離考驗剩下六天，你要不要接受我的祕密特訓？」

「父親？你要教導齊維？」

「如果你要讓你的騎士幫你擋下一切，多學點是好事。我的意思並不是說你比燦亞弱，齊維。」萊洛看著齊維說：「只是，為了保護燦亞，你要比現在更強。」

齊維當然是願意，但他還是先轉頭望向燦亞。燦亞知道他是在詢問他的意見，便語重心長地道：「我不會阻止你，你做好心理準備即可。」

齊維點頭，「那就拜託您了，岳父大人。」

「好。」萊洛滿意地笑了笑，「從明天開始，整整六天你都不能跟燦亞聯絡，心聲當然不行，也不能去學校，直到Sun的考驗開始之前你都要跟我待在一起。在同齡當中你確實是第一，可是整個帝國裡厲害的人多的是，更不用說外面的精靈和人魚。拿帝國人舉例……比如說霍佐．伊白，Sun之一，他才是最可能成王的人，你們要一起打敗他，不，要由你來打敗他，齊維。你所要做的就是為燦亞披荊斬棘，為你的王開闢道路。」

「是！」

「與外界失聯長達六天，可以吧？」

「是！」

萊洛看燦亞一臉擔心，說：「沒事，我一定會在最好的時機把他送過去。」

燦亞擔心的才不是這個。

以前為什麼要請老師？

因為燦亞經過萊洛的訓練後躺了整整一個禮拜，希爾妮於心不忍，從此禁止萊洛參與燦亞的訓練，當時萊洛甚至不知道自己做錯了什麼。

「……請手下留情。」

燦亞最終也只能這麼說了。

晚餐過後，萊洛以要想訓練菜單為由先回房間，途中順手攔截要去蹭燦亞腳的小歐。燦亞和齊維馬上意會到萊洛要去哪，在吃飽喝足的情況下讓人很難聯想到今天竟然發生了那麼多事，他們不慌不忙地收拾碗盤，時間彷彿又回到前幾天，這或許就是強者的餘裕，反正如果又有人來襲擊他們，他們都能迅速應對，因此也表現得很平常。

在這種日子，該做的還是要做。

齊維陪燦亞一起巡視馬場，要回到屋內時，燦亞停在門口，轉頭要跟齊維說話，殊不知齊維先一步說：「今天不走，說什麼都不走，燦亞大人。」

「……」燦亞嘆口氣問：「你不用回家跟你的父母報備嗎？」

「請不用擔心，我的父母在其他地方，家裡只剩我，超過十天不在家管家才會向我的父母通知。」

「你今天就是要留下來？」

「是的，我還有好多話想問燦亞大人。」

「那走吧。」

燦亞妥協得很快，讓齊維更吃驚的是燦亞主動拉過他的手牽他進去，導致齊維的腦中都是「手手手手手燦亞大人的小手手主動牽過來了手手手手手呼呼香香白白的手」，他大概這輩子都想不到自己會有被燦亞帶到房間並且收到壁咚的一天，齊維在心中驚呼，妄想都不敢這麼想，現實卻發生了，燦亞將他堵在門邊的畫面。

立場突然反過來。

「燦燦燦燦燦燦亞大人？」

燦亞的手鎖上門，聽到鎖門聲的齊維也聽見自己的心跳聲，房間內還瀰漫著一股淡淡的血腥味，連同燦亞身上的味道刺激著齊維的嗅覺，他看到燦亞待在他的懷裡，手輕輕地碰上他的腰，呼吸有點急促，齊維愣了愣，才發覺燦亞的狀態不太對勁。

「燦亞大人？」

「嗯、等……」

齊維真的頓住了。

腦海裡正在無限回播著燦亞的呻吟聲。

燦亞靠在齊維的肩上，一呼一吸都充滿著齊維的氣息，腦裡滿是齊維不知所措又瘋狂的心聲，他聽著聽著，莫名冷靜下來，慢慢向齊維解釋他現在的狀況。

「……我沒事，只是、這有點難解釋。我不太喜歡親自動手，一旦進入狀況我就會變得異常亢奮，小時候還沒有那麼明顯，不過每次解決完目標，老師都會再陪我訓練，只要累了那種亢奮感就會平息下來。不知道是不是因為、現在和小時候不太一樣，所以亢奮的感覺很……奇怪，以為洗過冷水澡就好了，但它是一陣一陣湧上來的……」

說白了就是發情。

即使燦亞極度不想承認，但這種亢奮感集中於下半身，想也知道是怎麼回事，身體也漸漸燥熱，本來想說忍一忍就過，殊不知情況越來越糟，要不是衣服足夠寬鬆，燦亞早就露餡了。

他吐出來的氣是滾燙的。

燦亞的肌膚染上不自然的緋色，漂亮的金色眼眸蒙上一層水霧，他稍微踮起腳尖靠近齊維的唇瓣，眨著眼說：「幫我，齊維……但你不能、比我還失控，這是命令……」

Sun 的命令比任何一次都還要困難。

齊維不知道有沒有把燦亞的話聽進去。

他的腦中正在狼嚎，嚎到燦亞有點後悔了，可是如果不說，反而被齊維看到自己在處理更糗。假設齊維不走，那他是能躲去哪裡？與其和齊維爭論要不要回家，燦亞寧願趕緊說實話好讓自己從這個羞人的狀態中解脫，再加上此刻燦亞眼中的齊維莫名很有性吸引力，這使十五歲的微保守少年幾乎要瘋了。

他想被齊維抱緊，也想與齊維親吻，更想被這健壯的男人壓制征服。燦亞的腦中一直浮現出被齊維侵犯的模樣，那是之前齊維控制不了心聲而暴走的畫面，當時明明覺得不可能、不可能不可能，現在卻期待那種事發生。

所以他很討厭見血。

要見血的情形就必須要認真，認真就會亢奮，像個毫無理智的野獸虐殺其他性命，甚至有種殺不夠的感覺，這是燦亞最害怕的，他不想要成為嗜血的野獸，更不想成為濫殺無辜的瘋子。砍下他人手腳的瞬間，湧上來的士兵停了下來，燦亞不曉得當時自己是什麼樣子，可恐懼的眼神不會騙人，他已經想好殺死這群人的路線，但他並沒有那麼做。

已經夠了。

他想要回家。

他不喜歡這種病態的暢快感。

他希望某個騎士趕快在他的腦中嘰嘰喳喳地說個不停，最好讓他的腦海裡只剩下騎士的存在。第一次殺人的時候，燦亞就是想到他的騎士，一個軟弱的人怎麼能成為王？他的騎士將會帶著榮耀向他走來，榮耀必定沾滿腥血，那麼他就不能只是站在騎士的前方，他要與騎士一同向前，可他也不能成為一個嗜血的昏君。

取得平衡很難。

但也不是做不到。

現在他的騎士就和他待在一起，在能真正地靠自己取得平衡之前，燦亞忍不住想去依賴。他攀附在男人的身上，想要去親眼前的薄唇，然而在碰到之前，某個劇烈又龐大的扭曲情意猛地將他砸茫了，明明聽不到齊維的心聲，卻能感受到那濃烈發癲的愛。

長達八年的執念一口氣鑽入燦亞的腦裡，燦亞根本來不及讀取，又被下一波的瘋狂情慾擊中，剎那間，燦亞突然覺得自己奇怪的亢奮根本算不了什麼，等回過神來，他已經被齊維帶到床上，男人壓在他的身上，掠奪的氣勢讓燦亞招架不住，想撇過頭閃躲卻立刻被齊維掐著臉扳回來。

騎士一句話都沒有說，僅僅是用最狠的力度去壓制燦亞對亢奮的恐懼。

然後，再讓他的主人滿腦子都是他。

永遠的。

只要想起那無謂的恐懼，就也會想起他吧？

想起他的騎士是用什麼辦法壓制主人的恐懼。

究竟哪一個比較可怕呢？

親愛的、親愛的……他最親愛的主人，會怎麼想？至今以來，燦亞看到的、聽到的都僅僅是齊維十分之一的愛，有時候會再拿出一點嚇嚇燦亞，他有在克制的，努力克制不嚇走他的乖乖小主人。

他的小小主人。

一隻手就能圈住小小主人的手腕。

他們之間僅差距四歲，體格上卻差距快兩倍，更不用說齊維也還在成長期。齊維一邊親吻燦亞，一邊扯下燦亞的褲子，粉色的性器已經完全勃起，頂端甚至黏糊糊的，燦亞忘了抵抗，在齊維的技巧下失神地享受快感，還撒嬌地要親親，讓齊維堵好他的聲音。

反正都茫了，也無法思考，腦中也因為齊維而糊成一片，完全想不起來什麼難受的亢奮，很舒服呀，一下子就射了，濃烈的白濁釋放在齊維的手裡，射完了齊維還沒有放過他，握著他的性器繼續摩擦，燦亞踢著腿拒絕，可怎麼抵得過男人的力氣，最終是蜷曲著腳趾頭又射了一次，齊維故意把精液抹在莖柱上，接著用手掌壓磨敏感的前端，燦亞的腰忍不住後退，卻又被齊維蠻橫地抓回去。

燦亞感覺是差不多平息了，齊維卻沒有。

因而當齊維掏出自己的硬挺時，燦亞也沒有阻止。

只有自己解放確實說不過去。

『燦亞大人，我們一起。』

燦亞終於聽到齊維的聲音，只不過腦中響起的嗓音跟著變得沙啞，情慾中的男人十分性感，手背浮現出的青筋一路蔓延到手臂上，帶繭的手掌一起握住兩人的陰莖，齊維上下摩擦的同時腰也跟著在晃動，他在手圈住的圓形中進出，燦亞看著在低喘享受的齊維，情不自禁地將人勾下來親吻。

兩人都在熱吻時射精，燦亞放開了又被齊維的唇舌擄走，男人的腰還在慢慢地動，結實的腰腹蘊含著驚人的力量，他不想停下來，但他知道他的小主人要累壞了。今夜能夠看到自己的精液噴灑在燦亞大人的腹上便已足夠。

好看瘋了。

他的小主人會不會永遠依賴他，變成他的小性奴？

不過要是有那麼一天，燦亞不再畏懼，那也很好。

都好。

因為不管怎樣，他都會纏著他的燦亞大人，永不放開。

『燦亞大人，我有幫到您嗎？』

燦亞不知道該怎麼說，腦袋是稍微冷靜了下來，能夠確認的是亢奮的感覺已經完全消下去，大概也不會再有突然湧上來的問題，現在的問題是，他害羞到不敢看齊維以及齊維還硬著的性器。燦亞不忍直視自己失態的模樣，說舒服是舒服，可他還沒有成熟到可以馬上接受如此享受的自己。面對齊維的提問，他只能靠點頭來回答。

『您會怕我嗎？』

燦亞搖頭。

『您願意依賴我、找我幫忙，我真的很高興，真的。』齊維沒有掩飾他的狂喜，他笑著，發出低低的笑聲說：『我在您心中的重要程度，好像比我想得還要多，哈呵、哈……沒事的，燦亞大人，您就放手去做吧，就算失控了也不要緊，我會去阻止您的，只要您需要，我都會在……一直一直一直一直一直一直一直——一直。』

語罷，齊維吻過燦亞的手掌，輕輕一笑，轉瞬間再次把他的狂顛收起來。

『我去拿毛巾和端水過來幫您清理，您再休息好嗎？』

燦亞緩緩地點了頭，又良心不安地抓住齊維。齊維維持著微笑的表情說：「不用過意不去，我只有插進燦亞大人的那裡才能平息喔。」

插進。

那裡。

燦亞緩緩地、緩緩地鬆開手。

直到齊維端盆水回到房間，燦亞的腦袋似乎才重新運轉，十五歲的少年進入聖人模式，他發著呆，任由齊維擦拭自己的身體，接下來也換上睡衣，燦亞後知後覺才發現自己穿著和齊維身上的同款睡衣。

哪裡來的？

「好了，燦亞大人可以睡了，很遺憾明天沒辦法陪您去學校。」齊維自然而然地躺進燦亞的被窩，也很自然地讓燦亞躺在自己的臂膀上，「稍微蓋棉被純聊天一下，好嗎，燦亞大人？我想問您接下來有什麼打算？」

「……」燦亞放棄思考那麼多的吐槽點，談起正事時思緒很快變得清晰，「考驗在開始前會有個儀式，任何人都可以參加，除了介紹這一次的 Sun 之外也會由大神父進行血測來確認 Sun 的真實性。我想要那時候再公布我的身分，很久以前也有 Sun 很晚覺醒的案例，提前中報說不定還會被駁回，想來想去那就是最好的公開時機。」

「陛下會不會不承認？即便卷軸上有他的簽名，他還是可以堅持沒有那回事。」

「是，畢竟他是陛下，他說天是綠色的估計也沒有人敢反抗他，但血測是當下進行的，不可能造假，他可以不承認歐塔克，卻不能無視大神父所判定出來的結果。」

「大神父也有可能是陛下的人。」

「說得也是，那還真是最糟糕的發展了。」說是這麼說，燦亞卻不怎麼擔心，「我覺得事情沒有那麼簡單，陛下與父親熟識那麼多年，就算最近才想起來，怎麼可能不知道父親的實力？就今天的屍體來看只有五到六人左右，他是真的認為派這些人就能殺死父親嗎？那倒不如隨便找個罪名栽贓父親，我們既沒有後援也只是一般平民，怎麼鬥得過這個帝國的統治者？所以我不認為陛下此次的目的是殺死父親。他只是在跟父親說，我想起來了。」

燦亞從齊維的臂膀移開，回到自己的枕頭上躺好，繼續說：「他不會拒絕我參加的，因為他不能讓新王誕生，任何可能都不行。Sun的考驗全國矚目，不只我們，連精靈與人魚都會來見證，就算是陛下也不能輕舉妄動，不讓新王誕生的最好辦法就是先讓我們自相殘殺，最後再處理掉贏的人。」

齊維遺憾地看著自己的手臂，對此沒有多說，提醒燦亞另外一個難題：「還有門的問題，燦亞大人。」

「嗯，關於門的情報太少……繼承天賦的人才看得到門，但知道開門的方法嗎？那天為什麼是母親被門吸走……假如門是母親打開的，會不會跟精靈有什麼關係？」

「燦亞大人，如果您的外祖母是精靈的話，您也有精靈血統。」

「啊。」燦亞這才想起來，「事情太多了，我一時……這個我有震驚到，那我不用繼承天賦也能看得到門？」

「難怪我總是覺得燦亞大人周遭有光輝，像精靈一樣。」

「……那是你的錯覺。」燦亞忍不住打了個呵欠，在睡覺之前，他也有話想對齊維說，「齊維，接下來的六天你看不到我，撐得住嗎？」

「我會努力的。」

「嗯，要成為連霍佐．伊白也不放在眼裡的騎士。」

「是的。」齊維幫燦亞拉好被子，哄孩子似的輕輕地拍著他，「燦亞大人，請安心睡吧，您應該累壞了。明天又是新的一天，我不在的時候請不要跟夏普走得太近。」

燦亞拍開齊維的手，無可奈何地應：「我會先確認好他的目的。」

「燦亞大人。」齊維的口吻多了一絲撒嬌的埋怨：「我討厭夏普，一看就知道他對您有意思。」

「你多想了，就算有，我也對他沒那個意思。」燦亞伸手蓋住齊維的雙眼，聲音放柔地說：「就像我有事會找你，而不是找他。好了，你需要充足的睡眠，我不能多說，但父親的祕密特訓大概沒那麼簡單。」

齊維的不滿瞬間被燦亞撫平。

「感謝您的提醒，燦亞大人。晚安，呼呼，嘻嘻。」

也太容易安撫了。

燦亞收回自己的手，看到齊維閉著眼的模樣也閉上了眼睛。

不久後，在齊維的懷中陷入夢鄉。

／

早晨。

齊維聽到熟悉的腳步聲，他剛抬頭要去確認，卻馬上看到把門撞開的萊洛。萊洛見到躺在床上的兩人，笑咪咪地說：「早安，外面的花都開了，你們要不要去看？」

才剛睜開眼的燦亞揉揉眼睛，滿臉困惑。

雖然燦亞和齊維都不清楚萊洛的意圖，但他們起床梳洗後立即到後院集合。他們家的花園不大，佔據馬場一小區塊而已，燦亞對花沒什麼興趣，所以並不清楚自家種了什麼花，只記得要定期澆花以及父親總忘記澆花這兩件事情，似乎是頭一次看到花盛開的樣子。

花的顏色很特殊，有銀色的也有藍色的。

在陽光的照射下，銀色的花瓣看起來晶瑩剔透，確實漂亮，值得欣賞。

「這是希爾妮從她母親的家鄉獻給我的花，只有我和希爾妮知道。」萊洛站在花叢的旁邊說，他深深地嘆口氣，看著燦亞道：「我昨天想了很久，若是真的沒有辦法，就拿這個去對付希爾魯吧。」

「用花？」

「嗯，這花有毒，並且是含有劇毒，一旦中毒了就只有死亡的下場，沒有任何解藥。」萊洛伸出手，露出手裡的玻璃瓶，裡面裝著鮮紅的血液，「這是只有精靈之血能夠培育的——」

萊洛驀地頓一下，腦海中的某樣東西被抹去了，取代而之的是另外一個名字。

「亞勃克之花。」

他說。

聽聞陌生的花名以及它的功用，燦亞卻只在意它的出處：「等等，您說，母親獻給您的？獻給您含有劇毒的毒花？精靈之血又是怎麼回事？那是母親的血嗎？」

「我們這種對打打殺殺習以為常的人之間的情趣就是這樣。」萊洛一看到燦亞狐疑的眼神，立即說開玩笑的，開始解釋起手裡的東西：「這不是你母親的血，培育亞勃克之花必須是精靈的純血才行，是精靈那邊獨有的花種。希爾妮知道我永遠無法對希爾魯下手，因為我是他的騎士……我也還是抱持著希望，我認識的希爾魯還在……」

「父親，母親的存活我們還不能夠確定。您也說了，您到現場的時候門已經被打開了。」

「嗯，我知道，但我不該還對希爾魯……唉。」萊洛的視線朝向齊維，從齊維的身上看到過去的自己，他不由得自嘲：「這該死的、刻在靈魂的忠誠，哈……你母親很了解我，所以給了我這個，她要我下定決心了再使用，畢竟那也是她的哥哥，只有澆上精靈之血，花瓣的毒效才會發揮作用，不然它就是個純觀賞用的花。昨天我試著用自己的血確認，再與希爾妮留下的紀錄對照，發現這真的是很完美的毒花。」

「藍色的花是毒劑，無色無味，中毒者會感到劇烈的頭痛，每隔一個月都需要重新服用。它是毒，也是藥，若是沒有服用，留在身體內的毒素就會剝奪中毒者的知覺直至死亡。銀色的花則是緩合劑，可以緩解中毒者的不適，不過它終究還是毒，只要其中一個增量，後續的反噬就會更加猛烈。」

「比如說，緩和劑可以讓中毒者產生一種假象，會以為自己沒事了、好了，然而體內的毒素已經超量，不知道什麼時候會發生，但就只是一瞬間的事——中毒者會突然失去理智和所有的感官，最終死亡。」萊洛瞥向隨風飄動的花朵，像是在譴責花朵的殘酷，說：「很壞對吧？給了希望後再奪走，中毒者甚至不曉得為什麼就直接死去。不管使用哪一種都是折磨，怎麼樣，你要用嗎，燦亞？」

燦亞眨了眨眼，一點猶豫都沒有，直接拒絕：「不用。」

「……什麼？」

「這個是母親交由您判斷的，所以不該是我來使用。母親說，當您認為您的主人、她的哥哥無可救藥的時候再使用這個，但您沒有那麼做，因為您對他還抱有希望，那麼就還不是亞勃克之花出場的時候。」燦亞看到了萊洛眼中的猶疑，嚴厲地指出：「父親，我並不了解您口中的主人，我判斷陛下是否該死的點應該與您不同，到時候我會依照我的方法去決定陛下的下場。這個，則是屬於您的，您不能把使用亞勃克之花的責任交給我，更不能逃避，假如您的主人真的是壞蛋，您也只能承認，對嗎？」

萊洛被燦亞說得啞口無言，找不到可以反駁的點。

原來他在逃避嗎？不願意面對他所認識的希爾魯已經徹底消失。為什麼不自己使用毒花？其實他比燦亞更有機會靠近希爾魯吧？以他的身手來說，闖入皇宮並不是件難事，難的是他要去尋找那天的真相，而不論真相為何，他都該要接受。

那他準備好了嗎？

準備去接受真相。

萊洛對自己感到無語，他竟然還要兒子的指點才醒悟。

「你說得是，燦亞。看來我是個狡猾的大人，明明說好要一起面對，卻想把這個重責大任推給小孩……我也該親自去判斷，再決定要不要使用它。」萊洛晃著手裡的玻璃瓶說，他重新檢討自己，看來他也需要再加鍛鍊，而同樣為騎士，他很好奇齊維的答案，「齊維，我可以再問你一個問題嗎？」

在傳遞著「嗷燦亞大人您好帥」心聲的齊維聞聲抬頭，應：「請說，岳父大人。」

「燦亞如果有一天也變成大壞蛋怎麼辦？」

齊維笑著答：「那我會成為大壞蛋的騎士。」

萊洛早該想到的，這個燦亞癡騎士。他改變問法：「即便燦亞做了天理不容的壞事，甚至傷害你的家人，你也能維持你的忠心？」

齊維思考了一秒，依然是笑著說：「能，我的道德底線自然是跟著燦亞大人，不過如果燦亞大人故意傷害我的家人，我會把燦亞大人關起來，每天和他做愛。」

萊洛覺得自己沒聽清楚，下意識地發出困惑聲：「嗯？」

「燦亞大人做錯事了，需要接受懲罰啊。」齊維望向燦亞，臉上的笑顏變得燦爛，「我會讓燦亞大人日日夜夜含著——」

燦亞一巴掌按住齊維那張語出狂言的嘴巴。

齊維倒是用心聲說完：『含著我的陰莖，直到燦亞大人被我調教成沒有我的陰莖活不——說錯了，我是說，直到燦亞大人知錯。』

燦亞捏住齊維的臉，耳朵泛紅，譴責：『不准每次都用說錯這招。』

萊洛欲言又止，老人家尚未從年輕人的爆炸發言回神，一會又問齊維：「你知道什麼是騎士精神嗎？」

「不擇手段地佔有主人。」

「……看來我問錯人了。」萊洛心想齊維應該是特例中的特例，雖然本來就知道這位騎士有點怪，但現在是由衷地說：「燦亞，我真的要說，你的騎士不是普通的怪，是很怪。」

燦亞明白。

他對齊維的想法也是從「這個騎士好像有點怪，但長得一表人才應該還有救」變成「看來是沒救了」再換成「他瘋了」、「瘋得好怪好變態」、「啊算了這是齊維的正常發揮」……到現在已經處於半習慣的狀態，甚至認為齊維算是他的責任。

「他會變那麼怪有一部分是我的錯。」燦亞以食指和拇指比出一小部分，他目前就承認這一點，然後轉頭對齊維說：「我絕對不會做天理不容的壞事也不會傷害你的家人。」

「噢。」齊維的應聲似乎帶著一絲遺憾，他微笑說：「那真是感謝燦亞大人。」

此時萊洛突然拍手，響聲吸引燦亞和齊維的注意力，萊洛說：「嗯我決定了，現在開始祕密特訓。」

燦亞問：「這麼快嗎？早餐都還沒吃。」

「我還嫌時間少呢，接下來的六天我和齊維都會在地下室，沒事不要下來，不對，不准來。」

「地下室？空間夠嗎？」

「夠的，昨天你看到的只是一小部分。你趕緊去學校吧，學校比你想的有更多情報，為了Sun的考驗，你也要做好準備。」萊洛上前拍拍燦亞的肩膀，又道：「假如我找不到關於門的線索，最終還是要靠你在考驗中贏得勝利。」

「是的，父親。」

「以過來人的經驗來說，考驗不是一個人的事，很多時候你都需要跟其他Sun合作。當然，要和競爭者合作並不簡單，除了齊維，你要找到更多忠臣，燦亞。」萊洛語重心長地給予燦亞建議，接著看著齊維說：「五分鐘後，到我房間集合。」

齊維頷首答覆是，他隨即轉向燦亞，張開雙臂緊抱住他的小主人，低語：「燦亞大人，六天後見。」

「六天後見。」燦亞也抬手拍拍齊維的背，現在的他對擁抱已經免疫，大概，然而兩分鐘過去，齊維還沒有放開他，燦亞便無奈地問：「你是要抱滿五分鐘嗎？」

「唔……」齊維像隻不願意跟主人分開的狗狗發出可憐的低嗚聲，他蹭著燦亞的頸窩，不甘心地道：「燦亞大人，雖然很想說您有我就夠了，但您確實需要拉攏更多人站在您這邊。」

「這還真是困難。」

「呵呵，我很喜歡燦亞大人有點孤僻的個性。」

「……你這是誇獎我還是損我？」

齊維收緊手臂的力道，悶悶地問：「您要去找夏普對吧？」

「嗯，總不能假裝不知道，至少，他是我唯一稱得上朋友的人。」

「如果他有用，勉強同意您拉攏他。」齊維為了大局妥協，再提醒燦亞說：「我不在的這六天請您務必小心，不知道陛下還會不會找人攻擊您。」

「不用擔心，我會保持警戒，也能夠保護自己。」

「唔，燦亞大人——」

「好了夠了跟我來，不准你在我的眼皮底下騷擾我的兒子。」

看不下去的萊洛扯住齊維的衣領，直接將他從燦亞的身上扒開，毫不留情地拖回屋內，裡頭傳出一陣聲響和齊維呼喚著燦亞大人的聲音。等燦亞進門，兩人已經消失，說實話燦亞挺想看父親會怎麼訓練齊維，但父親都命令他不准去了，他也只能乖乖弄好早餐，吃完去巡馬場，處理好早上的工作後再前去學校。

路上卻沒有看到夏普。

夏普到底為什麼會知道陛下的暗殺部隊去攻擊父親了？夏普又是基於什麼理由緊急通知他這件事？有沒有那個可能，夏普是故意說出他是被貶為平民的貴族？關於夏普，實在是有太多的問題了，燦亞或許比想像中得還要不了解夏普，他們之間的閒聊都只環繞著學校的課業與八卦，而且都是夏普主動開啟話題，但能和某個人如此放鬆地交談，對燦亞來說也算是珍貴的情誼。

可惜到了學校依然沒有看見那熟悉的身影。

燦亞根本沒有機會詢問其他人，他一到學校就變成萬眾矚目的焦點，畢竟他昨天在校門口被抓走，燦亞閃避人都來不及了，只好在課後的休息時間藏到學校的角落。過不了多久，關於他的謠言在公開審問紀錄和判定結果後估計很快就會平息，因此燦亞的重點依然放在夏普身上。

很顯然，夏普沒有來學校。

為什麼？心虛嗎？

燦亞想著想著，就發起呆來了。

不問本人怎麼知道答案？繼續煩惱也沒用，燦亞想，反正，會出現吧，也沒什麼好急的，總不可能從此消失不見。

今天的天空很藍，午休蹲在建築物邊角陰影處的燦亞第一時間想到的是齊維的瞳色，但從另外一邊突然傳來的啜泣聲打斷他的思緒，燦亞覺得那聲音有點耳熟，因此探出頭查看，就這麼和掉著淚的考伯頓對上眼。

燦亞撇開視線，假裝什麼都沒看到，站起來馬上要走人，但考伯頓哪會那麼容易放過燦亞。

「喂！站住！」

燦亞充耳不聞。

「我叫你站住！」考伯頓大吼，沙啞的嗓音帶著哭調，聽起來一點威嚇性都沒有，「你、你——是不是也瞧不起我！身為庫克竟然連一個小賊也擋不住！」

燦亞停下腳步，回頭看向考伯頓的哭臉，想起今天的話題人物不只有自己，昨晚他闖入庫克宅邸的事情成了大新聞，燦亞藏得很好，沒有人知道是誰，也不曉得被偷走了什麼，大家只知道庫克抓不到小偷，甚至損失幾名士兵，這對庫克是奇恥大辱，當時先發現小偷的人是考伯頓，他自然成為眾矢之的，所有人的嘲笑對象。

考伯頓是個自尊心很高的人，躲起來哭就算了，還被燦亞發現，這讓他更不能接受，於是全部的怒氣都牽拖到燦亞的身上。燦亞並非同情考伯頓才停下來，而是感謝他分散大家的注意力。

「我什麼也沒說。」

「你的眼神說了！就是看不起我！明明是個平民，眼神卻敢這麼高傲？」考伯頓根本沒有想要聽燦亞的解釋，自顧自地發洩：「對，我是情婦的兒子又怎樣！我的媽咪、不，我的母親是世界上最好的母親！我一定會贏得Sun的考驗，將榮耀獻給我的母親，並弄死那些嘲笑過我的人！你就是其中一個！」

「嗯。」

燦亞是想表示自己有在聽，在考伯頓聽來卻有其他意思，他直接爆炸，認為燦亞沒把他放在眼裡：「我真的是受夠你那一副什麼都不在乎的樣子了！裝什麼清高！海爾！壓住他！我要弄毀他的臉！」

海爾走出來，平靜地勸說：「考伯頓大人，現階段不該再惹出——」

「閉嘴！就憑你也敢對我指手畫腳？沒用的傢伙！我——」考伯頓看到燦亞又想轉頭走人，氣得直跺腳，「我話還沒有說完，不准走！燦亞·歐塔克！現在沒有人能救你了，你今天那忠心的平民僕人也不在！」

同樣不想惹事的燦亞再一次停下，問：「你說夏普嗎？」

「哈？誰記得僕人的名字。」

「你有看到他嗎？」

「誰在乎。」

也是。

他怎麼會問考伯頓？

燦亞不想再和考伯頓繼續周旋下去，他才剛走出一步就聽見考伯頓命令海爾抓住他，只能聽令的海爾快步跟上燦亞，然而當他伸出手想攔下燦亞，眼前突然天旋地轉，等他意識到的時候他已經躺在地上，愣愣地看著上面的天空。

考伯頓則是看得一清二楚，燦亞輕鬆把自家騎士甩出去的畫面。

「燦、燦亞．歐塔克！你──」

「你覺得騎士少了一隻手臂或一條腿會怎麼樣？」

「什麼？」

「就只能領補償金然後回家啃自己吧。」

燦亞的眼神掃過海爾的手，他彎下腰扯走海爾佩戴的長劍，明明動作很慢，海爾卻不敢動彈，他莫名想起昨晚的小偷，他們擁有同樣的眼神，海爾立即躺平，心死地想自己果然跟錯主人，當然，考伯頓聽到了。

「海爾你什麼意思！怎麼那麼簡單就被這平民放倒！」

燦亞觀察著手裡的劍，果然是庫克，品質優良，拿起來很輕，用來砍人應該很順手，所以他直接向考伯頓投擲出去，飛出去的劍稍微擦過考伯頓的臂膀直插在樹幹上，考伯頓跌坐在地，嚇得不清。海爾見狀，捏了把冷汗，即使考伯頓是個爛主人，他還是衝回去擋在主人的面前，盯著燦亞保持警戒。

「我沒有打算殺人，不必那麼緊張。」燦亞居高臨下地向他們說道，「我只是突然想到，應該不用再忍受你了。說實話，考伯頓你真的是煩死了，你要感謝你的母親把你生得那麼漂亮，不然你應該活不到現在。」

考伯頓還愣著，但聽到海爾在心中同意燦亞的話，又向著海爾爆炸：「海爾！」

燦亞受不了考伯頓的高喊，皺著眉說：「你的問題出在於你的自卑心，情婦的兒子又怎樣，在我看來你打從心底在意這件事，先改改你這糟糕的脾氣再談論其他的吧，為了誰而努力是件好事，但你真的有努力了嗎？」

躲在海爾後面的考伯頓不知死活地回：「你這平民懂什麼！」

「身為情婦兒子的你和被貶為平民的我，哪一個比較可笑？」

「當然是——」

「差不多吧，你融入不了庫克，又因為庫克融入不了其他圈子，不覺得很可悲嗎？」

燦亞的直言讓考伯頓氣得發瘋，完全忘了剛才差點死在燦亞的劍下，紅著眼吶喊：「你竟敢如此羞辱我！我要殺了你、我要殺了你——海爾！你在做什麼！」

海爾不顧考伯頓，跪在燦亞的面前，低聲請求：「請您走吧，我的主人雖然確實只有那張臉，但他依然是我的主人，我有義務要保護他。」

「海爾！怎麼能對這種人低頭！給我起來！」

眼看考伯頓仍然沒有進入狀況，燦亞嘆著氣明示：「我就該在你這張臉上多揍幾拳。」

「哈？」

看不下去的海爾則是直接於心中跟考伯頓說：『考伯頓大人，如果我沒猜錯，他就是昨晚闖入宅邸的犯人。』

考伯頓瞪大眼睛，狐疑地比著燦亞，海爾點頭，又道：『您知道的，考伯頓大人，我的直覺向來很準，我很會看人。』

燦亞知道海爾看出來了，而他們很明顯在對話，燦亞補充說明：「沒有人會相信你，你也沒有證據，記得別去自取其辱。」

考伯頓不敢相信，但某方面相信自己的騎士，他張著嘴，眼淚又突然冒出，甚至停不下來，慢慢演變成嚎啕大哭，這下換燦亞愣住，想讓海爾說明，海爾只是聳著肩，習以為常地將手帕遞給考伯頓。

考伯頓搶走，哭得梨花帶雨，搞得燦亞才像是壞人。燦亞無語，誰曉得考伯頓是個哭包，他很想閃人，可是又想到父親和齊維說要拉攏人的話，雖然拉攏考伯頓沒什麼用，他還是留下來，首先把劍拿回來給海爾，表明自己沒惡意，再蹲在考伯頓的旁邊，等他哭完。

考伯頓在燦亞靠近時抖了一下，發現他什麼都沒做後咬著牙哭問：「你偷走了什麼？」

「沒偷。」他是拿回他們的東西，不算偷，燦亞在心中補充。

「你明明就——」考伯頓停頓，小聲地說：「但你砍了兄長的騎士，做得好。」

「那不是你的人？」

「兄長欺負我，我就欺負兄長的騎士。」

「所以你才使喚他們來……教訓我？」

考伯頓吸著鼻子，反問：「你幹嘛隱藏實力？」

「說來話長。」

「啊？那就長話短說。」

考伯頓真的是個笨蛋。

燦亞結論。

他放棄拉攏考伯頓，本來就沒什麼想法，看考伯頓的情緒差不多緩和後再次說：「我要走了，別再攔我。」

「等等。」

「我說什麼？」

燦亞不耐地舉起拳頭，考伯頓微聳，昨晚被揍的地方隱隱作痛，即便自尊心不允許，他還是拉下臉皮說：「我以為這世界上最強的人是我的父親，但你昨天……真的很厲害，你的動作很輕盈，又很快，小小一隻的力量卻很驚人，我、我本來想找到那人是誰後就要請教他……天曉得怎麼會是你，可是海爾都這麼說了，等等……難道說，那些是齊維教你的嗎？」

小小一隻。

燦亞在意的點在其他地方，他決定從今天開始要每天喝牛奶。

「跟齊維無關。」

「那你跟齊維到底是什麼關係？」

燦亞暫時還不想公開齊維就是他的騎士，因而說：「可以互相瘋狂甩對方嘴唇的祕密關係。」

考伯頓一聽，臉又紅了，他想罵燦亞又胡說，可是現在的立場不一樣，考伯頓是真心敬佩昨晚闖入宅邸又瀟灑離去的那個人，當時的他又被兄長懲罰關在收藏室，聽聞聲響醒來時就看到陌生人，他拿著劍衝上去，卻被輕易地打敗，那人連庫克強大的守衛都沒放在眼裡，他乘著月光而來，披著染血的月光離去，身影是如此的輕巧自由。

考伯頓心想，可真好。

唯有強大的人可以那麼恣意瀟灑。

他也每天鍛鍊啊，為什麼沒辦法像那個人一樣？他也好想讓兄長失態，惡狠狠地命令下屬一定要抓到人，卻什麼也抓不到。

考伯頓重新下定決心，看著燦亞問：「齊維的事就算了。我要怎麼做才能像你這麼厲害？」

「哈？」

「問你的騎士。」燦亞指著海爾說，「你的騎士很優秀，但你不懂得珍惜。我明明聽說考伯頓除了臉之外，剩下的優點就是對女性很溫柔。」

燦亞歪頭，看向海爾，海爾卻撇開目光，燦亞直說：「你的騎士是女性。」

「……啊？」考伯頓露出傻樣，「海、海爾，妳是女的？」

面對主人的提問，海爾嘆著氣應：「是的。」

「妳怎麼都沒有跟我說！」

「您沒有問。」

「怎麼可能，妳長那麼高，頭髮又那麼短，我還在妳面前脫那麼多次衣服——」考伯頓的手突然被海爾拉走按在她的胸上，考伯頓的手輕顫，滿臉通紅地抽開手大叫，並對燦亞說：「雖然很平，但是軟的……！」

燦亞不知道考伯頓為什麼對他說，但還是先幫海爾說話：「你很失禮，考伯頓。」

考伯頓還在震驚：「妳、妳真的是女的？」

比起考伯頓的驚慌，海爾顯得很淡定：「要掀給您看嗎？」

「不不不不！」考伯頓慌得遮住臉，突然想到一個問題，紅著臉說：「妳沒看到吧？」

「請問您是指什麼？」

「就我之前在妳面前脫衣服……」

「您是指您瘦弱纖細的身體嗎？」海爾淡淡地說：「沒看到。」

考伯頓無聲吶喊，眼角含淚，臉紅得像顆蘋果。燦亞忽然覺得眼前的喜劇挺好看的，決定再停留一會。

「妳為什麼不早點跟我說？我、我對妳那麼壞……」考伯頓似乎這才注意到自己平時的劣行，深深懺悔：「母親說過，一定要對女性溫柔，女孩都是水做的……」

海爾大嘆一口氣，語帶不耐：「如果我跟您說的話，您會直接把我辭退，說我怎麼能當騎士這種鬼話。」

「本來就是！女孩子的身上怎麼能留下傷疤！」

「考伯頓大人，當我得知我有Sun時真的很高興，怎麼知道我的主人個性是這個樣子，我也想過要和您解除關係，但我捨不得。」

考伯頓微愣，有些感動：「海爾……」

「因為您哭起來實在是太漂亮了，一想到我今後再也看不到那個畫面，我就感到心痛，我也沒辦法接受那些臭老頭染指您，考伯頓大人的眼淚只有我能看到！」

海爾說得振振有詞，以至於考伯頓和燦亞一時都沒反應過來海爾的話有多糟糕。

考伯頓：「……？」

莫名看到齊維影子的燦亞：「……？」

看來，這年頭不變態當不了忠心騎士。

倒是主人都無法明白。

「海爾……」考伯頓傻了三秒依然在困惑當中，愣愣地問：「妳到底在說什麼……」

海爾又是嘆息，像是豁出去了，以淡然的神情在心中傳達自己對考伯頓面容的執著，燦亞當然聽不到，只看見考伯頓的臉越來越紅，眼睛也重新蒙上一層水霧，估計是羞恥的淚水，考伯頓欲言又止，想要打斷海爾的時候又被海爾的發言嚇到，想摀住耳朵，但他們是以心聲對話，根本無法阻擋，考伯頓整個人手忙腳亂、不知所措，完全不曉得要怎麼讓海爾停下來。

明明像以前一樣大聲譴責就可以了。

偏偏「海爾是女生」這個認知擋下考伯頓的所有苛責與不悅，同時與海爾一起相處的點點滴滴跟著在腦中浮現，考伯頓越來越受不了，一直以來遵守的信念其實老早就被自己破壞，他沒臉見母親，甚至認為自己跟父親和兄長一樣糟糕。

女生就該捧在掌心內好好呵護。

如同他的母親，本該被好好呵護的，卻被父親強行帶走，以至於母親成為眾人唾棄的情婦，而他的兄長也是，有其父必有其子，總是隨意地對待女性，將女人當作發洩與炫耀的工具，讓人感到噁心，更噁心的是有時候父親與兄長會命令他出席某些特定的聚會，出席者皆為權貴，一些貴族糟老頭，打量著考伯頓的眼神非常露骨，要不是考伯頓覺醒為Sun，他可能很早就會被父親當作漂亮的高級商品賣出去。

考伯頓偏激地厭惡著世界上的所有男性，除了海爾，然而海爾現在正以女性的身分在他的腦中大放厥詞。

『說實話，我很想上哭考伯頓大人，您不用動，我來動就好。』

『如果您堅持要和我解除關係，我會為了不留遺憾強上您。』

『考伯頓大人，您哭啊。』

這番性騷擾似的言論讓考伯頓重新開始懷疑海爾的性別，如此粗俗的話怎麼可能出自於女性的口中，再說了，女生怎麼強上男生？海爾是不是在騙他？

在一旁的燦亞回過神來後看看考伯頓，再看看海爾，不是他要八卦，只是這感覺太熟悉了，身為有經驗的人對於考伯頓的迷惑與震驚感同身受，忍不住問：「你們談完了嗎？」

考伯頓轉頭看向燦亞，手比著海爾支支吾吾，尚未能組織完整的語言。見狀，海爾停止心聲，改以最正氣凜然的姿態說：「考伯頓大人，我是您的騎士，與性別無關，就是您的騎士。退一步來說，您現在也可以把我當作女性，不過不論您的態度為何都還是無法改變我比您強並且現階段您仍然需要我保護您的事實。Sun的考驗即將開始，身為您的騎士，我不認為現在解除關係是明智之舉。」

考伯頓瞬間被海爾搞混了，怎麼會有人可以表面上裝得如此正經可靠，私底下卻喊著好想看您哭？但考伯頓也無法親口說出海爾在他的腦海中有多放肆，無措又不可置信的情緒彰顯在那張漂亮的臉蛋上面，看起來特別委屈無助。

『唉，考伯頓大人就是那張臉很漂亮，足以讓我忽略你無數個缺點。』

「海、海爾！」

海爾裝作沒說出冒犯考伯頓的話，依舊以嚴肅的神情說：「我希望您能夠正視，考伯頓大人，世界上也有強大的女性存在，不是每位女人都需要男人的保護。當然，也不是每位男人都該死，像是您欣賞的齊維大人或是燦亞大人……」

考伯頓一僵，突然大聲和燦亞說：「我沒有欣賞你！」

燦亞眨眨眼：「嗯。」

「男性都散發著一股臭味，你和齊維也不例外，只是沒有那麼臭……」

「嗯。」

「話說她剛剛在我腦中不是這麼說的，她說、她說——算了我說了你可能不會信。」

他信。

他相信。

一定是說了什麼騷擾的話對吧，燦亞懂。

他家的騎士也是這副德行，表面功夫簡直是世界級的。

燦亞心中已經認定這位女騎士就是齊維翻版，接下來考伯頓要自己去應付，想到有人跟他一樣偶爾會對自己的騎士感到困擾，燦亞不禁有些幸災樂禍。

考伯頓也有這一天啊。

「那你們好好談，我要走了。」

好戲看得也差不多了，燦亞自然是要將空間留給他們，卻又被考伯頓抓住，他的眼神散發著「你要留我一個和奇怪的海爾獨處嗎」的求救訊息，燦亞才不管，跟考伯頓的交情又沒那麼好，甚至可以說是交情差，他沒有理由要留下來。

眼見燦亞是真的要離開，考伯頓不甘心地又道：「喂！我是不會對你道歉的，但、但也不會舉發你……」

燦亞瞟了考伯頓一眼：「你沒證據。」

「哼，我找你碴是因為我看你不順眼。」考伯頓對於自己的所作所為絲毫沒有反省，反而以理所當然的態度說：「我嫉妒你，為什麼淪落到這種下場，你卻能夠處之泰然？我就是看不慣你那個樣子，看了就礙眼。再說了如果你有那樣的身手，究竟為何——」

「答案只有一個。」燦亞懶得聽下去，擺了擺手打斷考伯頓，回眸說道：「因為我是燦亞．歐塔克，現在站出來，也是因為我是燦亞．歐塔克。」

考伯頓微愣。

他不再強行留住燦亞，只靜靜地看著他離去的背影，餘光瞥見靠近的海爾才又像炸毛的漂亮貓咪往後跳，海爾看他這樣大驚小怪的，看著燦亞離開的方向，問：「因為您是考伯頓・庫克，您也想像燦亞大人這麼帥氣地說出來，是嗎？」

「才不是！」考伯頓習慣性地對海爾大吼，下一秒又想起海爾的性別，動不動就炸毛的性格終於收斂了一點，他緩和語氣彆扭地說：「我是說、不是，沒有那回事……」

「那先不說那個。考伯頓大人真要因為性別而辭退我嗎？」海爾摸著自己的紅色短髮，髮尾蓋住了後頸，她說：「我再把頭髮剪短一點，真認不出來的，您也說我的胸部很平。」

「不、我！」考伯頓滿臉通紅地瞄向海爾平坦的胸膛，隨即意識到盯著女生的胸部是件很失禮的事情，他移開目光，抬起視線望著海爾的髮絲，腦中莫名其妙地浮現出海爾長髮的模樣，加上海爾清秀的長相與高眺的身材，穿回女裝的海爾應該會滿好看的，可是現在的海爾也不差，是他最熟悉的模樣，考伯頓抬手掩住半張臉，小聲地說：「……不用剪，這樣就好。」

「什麼？」沒聽到的海爾微微偏頭，她看著自己最漂亮的男主人，想到被辭退後的生活，又大嘆了一口氣，「考伯頓大人，我開玩笑的，您才十七歲，我已經二十二歲了，再怎麼不知羞恥也不會對小孩子出手，在我眼裡您只是非常漂亮的柔弱弟弟，保護您是我的職責，只不過您辭退我的話，我就必須回老家和家裡安排的對象結婚了。」

考伯頓輕蹙眉頭，「誰是弟弟了，我是妳的主人。」

「是，我的 Sun，請准許我待在您的身邊保護您。」

「所以……妳說妳想看我哭是在開玩笑？」

「不是。」海爾一臉正經地說：「真要說的話我就是個無恥的二十二歲大人，與其回老家跟老頭子結婚，我寧願現在就強上您把我的第一次獻給您。」

「什、妳怎麼能那麼不自愛！」考伯頓又被海爾的言論嚇到，「妳應該為妳的丈夫守好貞潔！不過，確實，如果是嫁給老頭子的話不如繼續在我這邊……」

「是吧，我一直在等您成年，也在等待時機，好想把我的第一次給您，考伯頓大人。」

「我、我不要！」考伯頓紅著臉拒絕，「更別說我、我無法，我……你又不是不知道，我對於肌膚之間的親密接觸有多麼排斥。」

「嗯。」海爾垂下眼簾注視著考伯頓的手，小心翼翼地用小指頭勾住考伯頓的手，考伯頓與海爾的手掌大小其實差不多，海爾的個頭也比考伯頓高出半顆頭，她做不到小鳥依人，只能以最真誠的心靠近她服侍多年的主人，「但考伯頓大人並不會排斥和我的接觸，這不就代表可以和我試試嗎？」

考伯頓感受到海爾靠過來的氣息。

溫和的、乾淨的熟悉氣息。

他咦了一聲，卻沒有甩開女騎士的手。

如同以往，海爾拉著他、抱著他，他都可以接受。

因為他無數次地待在海爾的懷中接受她的保護，海爾也是他唯一一個信任的騎士，也是唯一一個會在父親與兄長面前站出來擋在他身前的忠心騎士。

只有她。

不論是男是女，只有海爾。

考伯頓在海爾更靠近時顫了下，他的手卻下意識地回勾住海爾。

在那個瞬間，誰都沒有鬆開彼此的手。

／

距離 Sun 的考驗開始還有四天。

燦亞這一兩天都還是在乖乖上課，而夏普也依然不見蹤影，問了老師只說夏普請病假，想也知道是假的，可燦亞不曉得夏普住在哪裡，只能繼續在學校等著。這期間他去了不少次圖書館查看關於考驗的紀錄，大部分的紀錄都寫說會有四到六個考驗，其中兩個考驗個別由精靈王與人魚王出題，每一個考驗必有一到兩人出局。

學校裡也到處都在討論這次的考驗和 Sun 之候選人，呼聲最高的依然是霍佐．伊白，第二個則是傑夫．克利夫斯，而梅維亞．哈爾也有許多擁護者，每位候選人其實都頗有來頭，燦亞花了一點時間蒐集情報，將候選人各自記錄下來。

霍佐．伊白，男，二十歲，個性正經，不苟言笑，霍佐的父親曾也是Sun，在當年的考驗中輸給了希爾魯．克利夫斯，克利夫斯帝國就此誕生。現今伊白以公爵之名輔佐陛下，許多人都在謠傳伊白勢必重返榮耀，在文武雙全的霍佐．伊白帶領之下奪回帝王之位，唯一可惜的是霍佐的專屬騎士十分平庸，名叫康福，在霍佐的優秀襯托之下，存在感十分低。

梅維亞．哈爾，女，十七歲，個性溫柔正直，唯一的女性Sun，擁有不輸男性的劍術，專屬騎士為艾米曼，這組的實力可以說是穩紮穩打，也不容小覷。

考伯頓．庫克，男，十七歲，騎士海爾，就那樣。

傑夫．克利夫斯，男，二十一歲，大皇子，個性輕浮，據說男女關係很亂，擁有的神賦是可以憑空生出火焰、操控火焰，危險度極高，有傳言說大皇子曾經一夜燒毀了南宮殿，除了本人以外無人倖免，需要格外注意。專屬騎士名叫奧，萬年第二，總是輸給齊維。

亞因．克利夫斯，男，十六歲，二皇子，神賦未知，傳聞對周遭的人都十分尖酸刻薄，比起大皇子，二皇子對王位的企圖心更強。騎士名為唐絲，是女騎士中的第一名。

夏特．克利夫斯，男，十五歲，三皇子，神賦未知，個人情報同樣未知，有人說三皇子特別內向，很少出宮；有人說三皇子長相醜陋，因而自卑長年躲在房間；也有人說三皇子體弱多病，不會參加考驗，騎士人選也未知。

以上，總共六名Sun，六名競爭對手。燦亞格外注意的就只有霍佐，他無法評估自己對上霍佐的勝率，曾經校內舉行過劍術大賽，比賽中騎士與貴族平民是分開的，當時燦亞被夏普拉去觀看貴族的比賽，燦亞一眼就看出來了，霍佐是個天才，燦亞的天才建立在神賦與自己的磨練上，而霍佐就是單純的天才，勤奮的可怕天才。

他有屬於自己的劍法，揮舞的軌跡起初有些熟悉，但實際上到位的角度無人能預測，無論是什麼武器在他手中都宛如輕巧的玩具，每一次的攻擊都帶有驚人的力道，他的身形高大，閃避的動作輕如羽毛，燦亞在腦中模擬自己的攻擊，霍佐卻總是能夠躲過，這讓燦亞想起自己的老師，霍佐與他的老師在某方面有一些相同的點，可以的話，燦亞極度不想與霍佐對上。

如果真有那種場合，就交給齊維吧。

說到齊維，其實燦亞不曉得齊維真正的實力究竟是如何，至今以來尚未看過他使出全力，好像做什麼事都非常簡單，燦亞甚至無法想像出齊維輸的畫面，燦亞不知道怎麼解釋這股盲目的信賴，總之，燦亞承認，齊維的存在讓他倍感安心。

要再祕密訓練的應該是自己。

這幾天回到家的燦亞雖然很好奇地下室的狀況，但他還是沒有前去打擾，在做完分內的工作後也自行特訓起來，不過沒有他人的指點，燦亞也不清楚自己磨練的方向對不對，因此他今天就在考慮要不要詢問父親關於老師的下落。

今天只有半天的課。

下午都待在圖書館的燦亞還在閱讀某一年的考驗內容。學校裡的圖書館經過申請後，校外人士也可以進來，藏書量可以說是只排在皇宮圖書室之後，也因為如此，圖書館內的空間非常巨大，有很多隱密的角落，燦亞就躲在其中一個，沒想到卻出現兩位不速之客。

是考伯頓和他的騎士。

考伯頓逕自地坐到燦亞的對面，燦亞懶得抬頭，無奈地問：「你和你的騎士談好了？」對面意外沒有任何回答的聲音，燦亞困惑地抬起目光，只見考伯頓臉又紅了，一旁站著的女騎士則是滿面春風地替主人回答：「談了一整個夜晚。」

沒有反駁的考伯頓就只是沉默，沉默即是默認。大概是深受齊維的影響，十五歲的少年燦亞不禁往色色的方面想，可他總不可能問人家說「所以你們做了」這種問題，燦亞當作不知道海爾話中的含意，轉移話題說：「我就當你們談好了。找我有事？」

「咳。」考伯頓裝模作樣地輕咳，環著胸高高在上地問：「我是來問你要不要加入我的陣營？」

「你邀請一個曾經被你欺負的人幫你？」

「我討厭你和你有實力是兩回事，我對你改觀了。」考伯頓依然自說自話，「雖然我還是希望齊維——」

燦亞直接拒絕：「你還是找別人吧。」

本來預想會接收到考伯頓的爆炸，燦亞卻只聽到考伯頓長哼一聲，改問他手裡的東西：「你在查之前考驗的記錄？為什麼？難道你已經加入其他人的陣營了？」

意外能夠進行正常的對話。

燦亞因而也好聲好氣地答：「沒有，我只是好奇。」

「那你為什麼拒絕我？」

「我有我自己的事。」

「說說看是什麼事。」

嗯。

看來還是不能溝通。

「我們的關係沒有好到我一定要回答你的每個問題，考伯頓。」

「哈，你也把你自己太當一回事了，勸你在我還好好對你說話的時候——」

燦亞掀起眼皮，慢悠悠地問：「怎樣？」

考伯頓的聲音立刻噤回去，想起那晚被燦亞揍一頓的疼痛，即便心生不滿，但也不想再體驗一遍，於是吃癟的他只好乖乖地打道回府。

「海爾，我們走。」

「是。」

「……要我走慢一點嗎？」

「不用的，考伯頓大人，昨晚先暈倒的可是您。」

「……閉嘴！」

這是在秀恩愛嗎？

燦亞看著那兩人的背影，心想嗯嗯那是大人的世界，他一點也不想知道細節，不過經過這次的插曲，說不定考伯頓會因此有所成長，威脅度不高，卻值得警惕。燦亞在自己的筆記下記錄上這點。

下午的陽光正好，燦亞決定看完後就回家。他抱著兩三本厚重的書要放回原本的位置上，記錄這類型的書放在比較深處的地方，越裡面人越少，燦亞驀地在走道上停下，目光停在某個人身上，那個人就站在書櫃前，正巧在燦亞要放書的位置旁邊。

燦亞默默地走過去，多瞥了眼那名高大的男人，男人也在同一時間闔起手中的書看向他，燦亞一愣，收回視線，裝作淡然地將書放回去再轉身離開。

「燦亞．歐塔克。」

燦亞有些急切的腳步瞬間停下。

那個人——霍佐．伊白呼喚了他的名字。燦亞疑惑地轉過身，黑髮的男人面無表情，即使下顎處有一道明顯的疤痕也無法抵擋住男人的帥氣，疤痕反而讓他看起來更加有男人味，他的視線朝下，正看著燦亞。

「老師要我來傳話。」

「什麼？」

「終於到了可以回歸的時刻，我很想你。聽萊洛說你有騎士了？蘭斯研，你最好最帥的老師留。」

霍佐的語氣沒有任何高低起伏，他就真的只是來傳達別人的話，燦亞聽到熟悉的名字後才終於意識到霍佐身上的熟悉感是哪來的，是他的老師，蘭斯研。

「霍佐大人，您說老師……？」

「叫我霍佐就可以了，我們算是同門。」霍佐的聲音低沉，語調卻依然平穩，本人像是沒有情緒，也不是高冷，就是單純地聲音與神情都毫無起伏，「蘭斯研爵士也是我的劍術老師，我的父親在歐塔克滅亡後收留了他。」

面對霍佐，燦亞忍不住較勁：「……並沒有滅亡。」

「是的，在我父親的幫助之下，你們得以依靠經營馬場為生。」

這話頗有邀功的意味，但由霍佐說出來卻只像在說一件事實。燦亞沒有想到父親以前說過幫助他們的人就是伊白，也根本不知道他們跟伊白有這層關係。

「你不知道我很正常，你的事我也都是聽老師說的，再加上我們兒時有過婚約，所以我記得你。」霍佐走向燦亞，他看著嬌小的少年，說：「嚴格來說，我是你的未婚夫。」

我的未婚夫……？

『……什麼未婚夫？燦亞大人？您說誰的？』

燦亞一驚，他竟然不小心在心中重覆一次，以至於另外一邊的齊維聽到了。如此嚴重的事情，讓齊維不得不打破萊洛訂下的規定急著詢問。

哎呀。

哎呀呀。

這不好好解釋，他的騎士肯定又要發瘋。

燦亞穩住，彷彿優秀的馴獸師，立刻以平淡的口吻安撫即將發作並且還有分離焦慮的狗狗，一五一十地說：『沒事，我人在學校的圖書館，剛好遇到霍佐．伊白，我們之間可能有一點誤會，我回去後再跟你好好解釋，你先專注於你眼前的事情。再說一次，我不會有事，也沒有什麼未婚夫，就算有，我也不會同意。你不用回應我，父親沒那麼好應付，不要讓他發現了，我馬上回去。』

『……』

約莫三秒過去。

可喜可賀，警報解除。

燦亞不負責任地猜測齊維與他的對話已經被父親發現，雖然不曉得會發生什麼事情，但下場應該挺慘的，約定就是約定，在某方面特別執著的父親肯定不會輕易放過齊維，思至此，燦亞只想盡快解開他對霍佐的疑惑，好讓自己可以好好向齊維交代清楚。

「那是什麼意思，霍佐大人？」

「霍佐。」霍佐面無表情地重複說道：「霍佐即可。」

燦亞也沒有強求稱呼，順著他的意應：「……好的，霍佐。」

「那是我們的父母過去說的事情，但很顯然，我們性別相同，婚約已不算數。如果你是女性，我會將你娶回家，是這個意思。」霍佐看起來像是以為燦亞真的不懂，因而仔細地解釋，而他來到這裡還有一個原因：「另外，老師說和你待在一起的時光最開心，以我對老師的了解，我認為比起其他候選人，得到老師誇獎的你更有威脅性，所以想來親自看你一面。」

獨自抱有敵意的燦亞倒是讀出另個意思。

「這是、宣戰？」

「不是。」

「……嗯？」

「我就只是來看你一面並且為老師傳話。很高興聽到歐塔克將要重返的消息，燦亞。」

霍佐向燦亞頷首，簡單道別：「我的話傳達完畢，告辭。」

「等等。」燦亞下意識地留住他，他看著轉身回來的霍佐，憑著直覺提問：「你想成為王嗎？還是，你有其他的目的？」

霍佐的手搭在劍柄上，他微微偏頭，燦亞的問題有些唐突，霍佐卻不太在乎，以認真的態度回應：「唯有不擇手段的強者能站上頂端的位置，但在考驗當中，武力並不能當作唯一的指標，我會依照情形判斷，只做我認為正確的事情，如果過程中違背了我的信念，那我寧願放棄，所以我的目的並非成王，而是為了貫徹我的信念行動。我若是因此贏得勝利，那麼我就會負起責任，這個答案，你能接受嗎，燦亞。」

這個國家確實該交給這樣的人治理。

燦亞明白那麼多人看好霍佐的原因了，除了強大的劍術之外，霍佐還擁有強大的精神力，彷彿一顆向著天空的巨木，不論經歷多少風吹雨打都能持續屹立在那，他值得大家的追崇與信任，這陣子燦亞身邊出現的都是怪人居多，聽到如此正向又正確的宣言，燦亞有那麼一瞬間倒戈了，內心甚至產生感動、敬佩的情緒，他根本沒有什麼崇高的理念，更沒有什麼正確的信念，憑什麼跟人家爭王位。

憑他要找回母親、憑他要為父親找回真相、憑他要為歐塔克以及他的騎士奪取榮耀。

燦亞晃了晃腦袋讓自己清醒過來。

「你呢。」霍佐提問：「不擇手段也想贏得勝利嗎？」

「嗯。」燦亞毫不猶豫地答，「我也有，嗯，我的信念，比起放棄，我會尋找其他可以貫徹信念的方法。」

聞言，霍佐的表情終於有了一絲變化，不知道是不是錯覺，燦亞覺得霍佐看著他的眉眼變得柔和，霍佐說：「那我們就各自為自己的信念奮鬥。四天後見，燦亞。」

這次燦亞沒有再無禮地叫住他。燦亞覺得自己大概很難再對霍佐產生強烈的敵意，不過他也不會因此將勝利讓出去，就到時候看著辦吧，看誰的信念會贏。

霍佐似乎也沒有那麼遙不可及。

燦亞靠著書櫃放空幾秒，接著大伸懶腰，走出圖書館後跑了起來，一路跑回家，到家後先在外面把手和臉洗乾淨並把身上的汗擦一擦，再去尋找待在家裡某個角落的黑貓。小歐四腳朝天地躺在飯桌上，看到燦亞後翻到一邊側躺，軟軟的肚子垂下來，燦亞情不自禁地偷摸一把才抱起小歐，請小歐幫忙開啟地下室的大門。

有隻小白狗躺在萊洛房間的門口。牠現在已經不用再被關在地下室，但大部分的時間牠都會乖乖地待在家裡，萊洛幫牠取名為小塔，看來歐塔克還差一隻叫小克的小動物就能湊齊，燦亞沒資格說萊洛的取名品味，也慶幸自己的名字是母親取的。小歐和小塔雖然一隻貓一隻狗，卻相處得挺融洽，只見小塔搖著尾巴在燦亞的周圍打轉，燦亞摸摸牠，和牠一起等小歐打開裡面的空間。

門打開後，小歐和小塔並沒有馬上回到窩裡休息，而是帶領著燦亞往更裡面走。牠們停在牆角的黑板面前，一隻坐在最右邊，一隻坐在最左邊，分別以肉掌推壓黑板，黑板反彈，底下露出縫隙，掀開黑板又是一個全新的通道，燦亞愣了愣，心想父親才是大騙子，他到底還有多少事情沒有跟他說？

通道裡有風聲，像是誰在講話，細細小小的，走進來有種特別輕盈的異樣感，再走到底，映入眼簾的是一個巨大地下洞穴的內部，四處突起的石柱散發著亮光，燦亞藉由這些亮光看到不遠處的萊洛和齊維以及大範圍的戰鬥痕跡，同一時間，坐在倒下的齊維身上的萊洛也發現燦亞，笑著打招呼：「喔，不是說了不准來嗎，燦亞？這傢伙可不想讓你看到這模樣。」

燦亞第一次看到齊維如此狼狽的模樣。

他趴躺在地，裸露在外的上半身散發著熱氣，汗水浸濕地面，鼓起的肌肉在努力把自己撐起來，可是試了幾次都無法成功，原先燦爛的金髮也變得骯髒凌亂，藍色的眼眸藏在瀏海底下，他勉強抬起頭，粗喘著氣說：「燦亞大人……您還好嗎？」

都這樣了還在擔心他。

「我沒事。」燦亞走過去，忍不住蹲下來戳戳無法動彈的齊維，「果然被父親發現了？」

齊維像隻耍賴的狗，晃著腦袋想要去蹭燦亞，於是萊洛坐得更用力折磨他，身上尚未乾涸的傷口與粗糙的地面磨擦，齊維發出痛苦的呻吟，萊洛實在是看不下去他這裝可憐的模樣。

「別被他騙了，在你來之前他可是一聲也不吭。」萊洛不得不佩服齊維的精湛演技，他才剛揭穿，齊維馬上不哼，改以可憐的目光望向燦亞，見狀，萊洛嘆著氣說：「越是接觸這傢伙，越懷疑騎士的定義到底是什麼……唉，總之他違反規定，剛讓他強行消耗完一個禮拜訓練的量，估計要半小時後才能站起來。」

萊洛放過齊維，從他的身上站起來，撿起地上的長劍，坐到一旁乾淨的石塊上面。先犯錯的是齊維，燦亞也不好多說什麼，只拍拍齊維的腦袋，低聲說句好好休息，隨即跟上萊洛，說：「父親，你要我們警惕霍佐，卻沒有說我們跟伊白有交情。」

「我沒有說嗎？」

「沒有。」

「不影響吧？齊維有跟我說你遇到了霍佐．伊白，他本人怎麼樣？」萊洛於空中比劃著高度說：「我最後一次看到他才這麼小……那個時候甚至還沒有你。」

「霍佐說我們之前有過婚約。」

「啊，他們還記得？那個就是朋友之間的……嗯？齊維？」

原先說了要半小時後才能站起來的齊維忽然像鬼一樣從燦亞的背後冒出來，他黑著臉，抖著身體喘息：「我、呼……哈、不允許……」

萊洛從石塊上下來，快狠準地將齊維踹回地面，「給我躺著休息。」

齊維倒下後就再也沒有起來，只剩下呼吸的起伏。燦亞並不擔心，萊洛說半小時就是需要半小時，他們繼續關於霍佐的話題。

「當時是有開玩笑說我們生下一男一女就給他們訂婚……還是說對我朋友來說不算玩笑？伊白他們一家人都有點……該說是冷靜嗎還是死板？我的朋友屬於不太會開玩笑的類型，嗯他可能真的當真了，但後來你們兩個都是男的所以作罷。」

聽著聽著，燦亞感覺到一股奇妙的違和感。眼前的父親站姿有些隨意，臉上的表情皮笑肉不笑，萊洛的視線維持在高處，看著燦亞也只是單純地轉動眼珠子然後迅速閃開，他身上的衣服破損很多，完好的布料上則是沾著乾涸的血漬，燦亞觀察完後，突然問：「父親，訓練齊維讓您感到很開心、很盡興嗎？」

「嗯？怎麼忽然這麼說？」

「從剛才到現在您都沒有正眼看我，也沒有靠近我，就像過去那樣，您這是壞習慣。」

燦亞的平淡控訴讓萊洛微頓，他又往後退一點，目光飄走好多次，最後摀住雙眼，從手指頭的縫隙中看著自己的兒子，說：「所以說，不能來，燦亞。我暫時回不了和藹、溫柔的父親角色。反正齊維是別人家的孩子，怎麼弄都沒關係……」

「有關係，那可是我的騎士。」燦亞無奈地為自己的騎士求一條活路，「再說了，我從來沒有覺得父親溫柔。」

「咦？真的嗎？」萊洛眨眨眼，放下手，無辜地說：「我好像有點受傷……」

燦亞看著他，忽然又把話題拉回來說：「父親，您是不是覺得無所謂？擅自決定我的婚姻是非常不尊重我的行為。假如我真的是女的，我就要嫁給不是我自己選擇的對象嗎？」

「欸？」萊洛被燦亞搞糊塗了，但還是盡量搶救：「不，也不是這麼說，當然要看你的意願——」

「既然是無法保證的約定，那你就不該隨便說出口。」

萊洛啞口無言。他很想說「那就是一個單純的玩笑」、「真的有那麼嚴重嗎」、「在燦亞的眼裡我是那種頑固又不知變通的父親嗎」來反駁燦亞，他終於對上燦亞的視線，這才明白燦亞的意圖，這是一場再普通不過的父子拌嘴，就像燦亞在談論他的青春期或者是隱私，萊洛不需要特別轉變為某個角色，自然而然的，他就是燦亞的父親，所以不用特別閃躲燦亞。

萊洛笑了，他點頭承認：「嗯，我兒子說得對，抱歉。」

可惜這溫馨的場面被二度爬起來的齊維給破壞了。

「就算燦亞大人是女性，我……我也絕對不會輸給霍佐‧伊白。」

齊維的上半身已經不抖了，下半身卻像剛出生的小鹿，顯然燦亞和萊洛的對話他只聽進去一半，他瞪大眼睛，堅持的模樣讓人覺得有點可怕。

「你怎麼又爬起來？」萊洛毫不留情地吐槽：「腳抖到不行，說這話的帥氣度直接減半。」

齊維以意志力定住，可惜維持不久。

「啊剛剛努力不抖了一秒半，燦亞你有看到嗎？」

「……別硬撐，靠過來。」燦亞主動攬住齊維，慢慢地幫助他躺下，再次敲了下他的腦袋要他別鬧，「你也聽到了，那是不算數的婚約。我就只是來確認伊白算不算我們的恩人。」

萊洛想了下，道：「算。」

「燦亞大人……」

「嗯？」

齊維抓住燦亞的衣服，喘息著擠出四個字：「您欣賞他……」

「我只是覺得他比我更適合成為王，但不代表我會把位置讓出去。」燦亞不用聽齊維的心聲就知道他的意思，他輕觸著齊維的臉，抬起他的下顎說：「不用擔心，有恩的是父親姓伊白的朋友，不是霍佐，再加上……」

燦亞輕笑，俯視著傷痕累累的齊維，不禁大膽地說：『我對那種人沒什麼興趣。齊維，我發現我好像滿喜歡你這個樣子，有種、可以任人擺布的感覺，挺性感的，畢竟一直都是我被捉弄。』

負傷的野獸抬眼，從喉嚨裡發出淡淡的笑聲，他猛地爬起來，雙手攬住燦亞的臉，張嘴便要咬過去，燦亞剛要伸手阻擋，齊維就被萊洛捏著後頸往後扔。人撞到岩壁癱下來，他不惱反笑，顯得更瘋癲。

「呵……愛死您了，燦亞大人，竟然在這種時候告白……」

「沒有告白。」

燦亞正色反駁。一旁的萊洛搖搖頭，譴責燦亞：「動不動給糖吃可不行。」

「我沒想到這糖這麼有用。」燦亞聳肩，看齊維再次趴躺著不動，又問：「父親，我還有一個問題，您把我是Sun這件事通知給老師了？」

「不好嗎？我通知了所有的歐塔克。只要是歐塔克，都會回來。」萊洛望向燦亞，微微一笑：「你現在不也需要一個老師嗎？你安逸太久，確實需要被虐一下。」

「唔。」被著實說中的燦亞感到心虛，強硬地轉移話題：「那這個巨大的地洞又是？」

「天然的。小塔發現的喔，平時小塔也都在這玩，但也不會走太遠。」

「……你有勘查過嗎？」

「沒有，這裡太大了。大部分的洞窟都會生成屬於自己的生態，在沒有必要的情況下，不需要太深入。」

燦亞看著四周的螢光，往左往右都有新的地道，他們被細小的風聲包圍，風聲帶走潮濕的氣息，這裡意外的乾爽，燦亞說：「我感覺這裡……沒有那麼危險。」

萊洛瞅了眼燦亞，金色的眼眸裡倒映著石柱上的光，意味深長地回應：「是嗎。」

「嗯。我該走了。」燦亞呼喚在玩你追我跑的小歐和小塔，在和牠們一起走之前，對趴躺著齊維說：「齊維，別輸給父親。」

齊維的指尖開始動。

沒多久，他艱難地重新爬起來，回應他最愛的主人：「是的，燦亞大人。」

萊洛情不自禁地呵出來，難掩興奮之意，握著長劍一步一步走過去喟嘆：「愛情比我想得還要偉大。」

齊維的身體不再發顫，他沉住氣，笑回：「可不是嗎，岳父大人。開始下一輪吧。」

萊洛笑著，舉劍斬擊。

回到上面的燦亞隨意地解決晚餐，接著進行馬場的例行工作。燦亞注意到馬兒有些浮燥，多費了點時間安撫，不過浮燥的或許不只是馬兒，燦亞看到那麼努力的齊維也很想做點什麼，好像身上要有個傷口才能心安理得地在這邊做對考驗完全沒有幫助的事情。

倒不如時間過快點好了。

想歸想，燦亞並沒有偷懶，工作結束後才打水回房間擦澡，他身上帶有Sun的印記，自然是不會在外面露出肌膚，只不過他才剛掀起衣服，窗戶就被突然出現的人影踹開。

粉色的馬尾飄在空中，來人從窗戶躍進房間，對著燦亞就是一記拳頭。燦亞偏頭閃過，抬腳反擊，卻被對方一把抓住腳踝，那人像是要把燦亞的腳踝捏碎，用力得很。面對突發狀況，燦亞也不急，乾脆地跳上去用腳纏住敵人，毫不留情地肘擊臉部，可動作到一半就停了。燦亞看著那張被大腿夾擊的漂亮臉蛋，無奈地問：「老師，不能從門進來嗎？我有想過你會來，但沒想到這麼快……」

被稱呼為老師的男人笑了笑，他讓燦亞下來，先仔細地整理弄亂的頭髮，順便解開束縛著脖子的衣領扣，他身穿著白色的騎士制服，身型看似纖細，但露出來的胸膛相當精壯，是穿衣顯瘦脫衣顯壯的美男子，與考伯頓的美不同，蘭斯研看起來就是不折不扣的男人，只是騷了點。

嗯。

跟以前一樣完全沒有變。

「唉呦，人家等不及嘛，已經給小寶貝預告了呀。」蘭斯研還在順理他寶貴的髮絲，邊抱怨：「我可是辦好辭職馬上過來耶，你知道從伊白離開有多困難嗎？人家魅力太大了，他們一直挽留我，我才請大寶貝先幫我傳話。」

「……大寶貝該不會是霍佐？」

蘭斯研露出微笑，挑起眉說：「大寶貝真的很大喔。」

燦亞張嘴又閉嘴，決定不做任何評論。

「話說回來，那就是你一直不願意和我一起洗香香的原因嗎？」

蘭斯研指的是燦亞身上的印記，燦亞搖頭，實話實說：「不，跟你洗澡感覺會有貞操危機。」

「怎麼這麼說！」蘭斯研指著燦亞的鼻子抗議，「人家才沒有無恥到對小孩子出手……漂亮的小寶貝例外，人家本來好想幫你開苞，還是說現在還是小處男？」

太多了。

燦亞當作沒聽到，問：「老師，在你看來我變弱了嗎？」

「嗯……要說的話，小寶貝變得比較像人類了。」蘭斯研重新綁好頭髮，笑說：「是好事喔。嗯嗯，就知道你需要老師了。萊洛呢？要跟他報備一下。」

「父親在訓練我的騎士。」

「喔？我也好想親眼看看你的騎士，齊維可是伊白一直想要拉攏的對象呢。」蘭斯研舔著嘴脣，看起來就不只是想看看這麼簡單，「畢竟大寶貝的騎士真的不怎麼樣……喔對，現在的你贏不了大寶貝喔。」

「沒關係，齊維會幫我贏。」

蘭斯研哼了一聲，目光毫不掩飾地在掃射燦亞的全身，邊說：「先說好，我還是會適時地幫助大寶貝，我沒有忘記歐塔克，但也不會遺忘這幾年來伊白對我的好。」

「嗯。」

「好，那從現在開始，除了吃飯時間，小寶貝和我一起玩個遊戲吧，一個不論誰死了都不會埋怨誰的遊戲。」蘭斯研從衣內掏出了兩把匕首，一把扔給燦亞，「我知道闖進庫克家的人是你，那種小兵對小寶貝來說根本連熱身也說不上，對嗎？看到你長這麼大了，還那麼符合我的喜好，老師真的要受不了……快點來陪我玩。」

燦亞接住蘭斯研的匕首，問：「不是要跟父親報備？」

「他也在忙嘛，可以等他忙完。」

「可以玩，但我明天還要去學校。」

「請假嘛，大寶貝厲害歸厲害，但畢竟是別人家的寶貝兒子，我又不能殺掉。」

「我就能？」

「你是自己人啊。」蘭斯研任性地說，在動手之前，他又想起了一件事，「啊，不對，你明天要先去找大神父。」

燦亞蹙眉，「理由？」

「大神父想見你一面呦。」蘭斯研見燦亞依然困惑，他也困惑地歪頭，食指戳著自己的臉頰思考，啊了一聲，「人家沒有跟你們講過嗎？我是大神父的親兒子喔，所以可以感應到一些東西，包括老頭子的傳話，雖然我早就被趕出家門了啦。」

燦亞困惑，質疑，不敢相信，最後跑去求證，直接帶著蘭斯研到地下空間找父親。查覺到又有人來的萊洛停下攻擊，本來想禁止燦亞再來，不料燦亞劈頭就問：「父親，你知道老師是大神父的兒子嗎？」

萊洛也經歷了困惑，質疑，不敢相信，最後求證的四步驟。

「蘭斯研？可是大神父不是必須得是……」

正在參觀不可思議地洞的蘭斯研興奮地望著周遭，但耳朵也是有在聽他們的問題。

「誰說的啊？大神父也是可以做愛啦，只是神職人員的家人都會被保護起來，所以一般人都不知道，但那老傢伙不能接受這麼漂亮又帥氣的我，我就離家出走了，然後被你妻子誤以為是無辜弱小的女性，就被帶回歐塔克了，呵呵。」

燦亞與萊洛對視，遲疑了許久，選擇相信蘭斯研的話。

「那大神父找我做什麼？如果他是陛下的人——」

「是又怎樣？剛好可以去試探啊。」一一解釋讓蘭斯研覺得有點麻煩，蠻不在乎地捲著頭髮說：「老頭子挺有個性的，應該不會那麼順從那位陛下。小寶貝，要由大神父宣告，大家才比較能接受突然跑出來的 Sun 喔，試試又不會少塊肉，就和老頭子談談吧。」

「既然如此，請讓我陪同，燦亞大人。」

被打趴的齊維不知何時重新站起來，他吐出嘴裡的血，專注地望著還在考慮的燦亞。與此同時，隨著聲音轉移注意力的蘭斯研看到負傷的齊維，倒抽一口氣。

金髮帥哥。受傷。流血。賀爾蒙。猛男。肌肉。騎士。癡情。熱氣。汗水。褲襠一大包。偏右。

無數的情報擠滿了蘭斯研的腦袋，他猛拍著燦亞說：「小寶貝！你家的騎士，哇，哇，比霍佐大寶貝還大！人家預估……十九公分不含頭！你很性福耶！」

愣住的燦亞：「……」

忍不住瞟向齊維褲襠的成年男性萊洛：「……」

齊維握拳，向燦亞報告：『我贏了，燦亞大人。』

贏什麼。

十九公分不含什麼。

什麼跟什麼。

燦亞終於忍無可忍，對著他的騎士命令。

『你閉嘴，給我躺下。』

『可是躺下後就很難再站起來了，燦亞大人。』

齊維的劍插在地面，他握著劍把支撐自己，語氣帶著對主人的撒嬌與委屈。燦亞沒輒，趕快把十九公分什麼的字眼拋到腦後，想要正經地拉回話題，餘光卻掠過蘭斯研的身影，只見蘭斯研過分地靠近齊維，手還摸向齊維的褲襠，齊維動也不動，臉上沒什麼表情，全身散發著生人勿近的氣場，明明可以躲過，硬是拿著這點跟燦亞喊：『燦亞大人，您老師在對我動手動腳，好討厭，身心受創，要燦亞大人哄，要燦亞大人親，要燦亞大人抱——』

燦亞走過去，嘆著氣拍掉蘭斯研的鹹豬手，擠入兩名男人中間，他護著齊維問：「老師，您在對別人家的騎士做什麼？」

蘭斯研的手指動了動，像在回味觸感與大小，他完全不介意燦亞的介入，反而拉著燦亞興奮地分享：「你騎士就長著一張超偉大的帥臉啊，而且還沒勃起就這麼大，一定很好吃，連汗都是香的呢，讓他跟我玩我就答應帶他一起去找大神父，不然不是隨便一個人可以去見大神父的……啊三個人也可以喔，絕對不會讓小寶貝孤單，人家也一直想跟小寶貝做——」

蘭斯研邊說邊低頭靠近燦亞的臉，只要再近一點，他就能親上燦亞，齊維這時就有動作了，他將燦亞攬向自己，出手的瞬間蘭斯研本能地往後跳，蘭斯研微愣，黏在他身上的視線讓人感到噁心，像是要把他活活肢解拆皮、像是沒有把他當作活人，過於張揚的殺氣刺向他，蘭斯研氣笑了，新來的騎士算什麼，敢在他這邊放肆，不過他的火氣剛上來，齊維突然軟下來靠在燦亞的身上，露出完美的笑容說：「如果您剛才是玩笑話，那麼就是我失禮了，蘭斯研大人。很抱歉，我和燦亞大人目前走純愛路線，拒絕第三者，再加上我是處男，不知如何應對經驗豐富的蘭斯研大人，如有冒犯，真的深感抱歉。」

蘭斯研本來想罵齊維這個臭婊子再裝乖啊，但聽到他是處男又感興趣了，眼前兩個養眼的男性都是小處男讓他特別蠢蠢欲動，他好想毀掉純愛啊，純愛多無趣，多人修羅才是真理，邪惡的表情才剛顯露出來，蘭斯研的腦袋就被萊洛狠狠地敲了下。

「不管你在想什麼都停止，管好你的下半身，不要亂到自家人。」

「欸——可是是他先挑釁我！胳膊向外彎可以嗎歐塔克家主？」

「年輕人比較沉不住氣。」

「我也還年輕啊？」蘭斯研嘟著嘴不滿地說，「他是條不知天高地厚的瘋狗，放他在你寶貝兒子身邊你真的能安心？」

「瘋歸瘋，但是會誓死守衛主人的瘋狗，以父親的立場來看，算是好事。」萊洛看向燦亞，尊重兒子的選擇，說：「何況那是燦亞的騎士，燦亞都接受了，我不能多說什麼。」

「是。我的狗我自己看著辦，他做錯事了也是由我來擔。」燦亞掙脫掉齊維攬著他的手，替蘭斯研討回公道，嚴厲地警告：「齊維，老師是我的家人，你剛才太放肆了。」

齊維一頓，什麼都沒想，就只是垂首道：「是我踰矩了，抱歉，燦亞大人、蘭斯研大人。」

燦亞以為齊維又會在心裡跟他撒嬌訴說委屈，但齊維沒有，他彷彿一隻知道自己做錯而沮喪的大狗，垂著尾巴，傷心地獨自待著。燦亞望著他，直白地問：「抬起頭來。我沒有把你算在家人，讓你難過了？」

「難過了。」

「你是屬於我，又不是屬於整個歐塔克，所以當然還不算在內。」

齊維意識到燦亞在哄他，不存在的垂尾巴開始搖晃，他反問：「丈夫還不算家人嗎？」

「……怎麼跳到丈夫去了？」

「燦亞大人會跟不是丈夫的人接吻？」齊維摀住嘴，傷心地譴責：「太淫亂了……」

「好了。」燦亞正色道，他就是對現在看起來很狼狽很可憐的齊維氣不起來，打算耐心地哄到齊維滿意，「我還不知道要怎麼定義你，但你是我的騎士，我是你的Sun，我們時時刻刻都可以交談、感應彼此，某方面來說這關係比家人還親了。」

齊維想了想，說來說去，他也不是真的難過，只是想看看他的主人會縱容他到什麼地步，因而故意露出有些失落的表情說：「還不夠啊，燦亞大人。」

話才剛說完，齊維便想差不多了，還有其他人在，該見好就收，沒想到燦亞的拳頭突然輕敲在他的胸口上，齊維看到燦亮的眼眸，那雙眼裡有他。燦亞說：「因為遇到了你，因為你成為了我的騎士，才成就了現在的我。你對我說過的話，我原句奉還，就目前來說，不准再討價還價了，你總要給我更多時間，以前你看著我的同時我又看不到你。」

「……呵。」

齊維笑出來，聽到自己的笑聲時稍微頓住，隨即忍不了掩嘴偷笑，他紅了臉，想著喜歡死了喜歡死了，最喜歡最愛燦亞大人了，分明不用理會他無理又放肆的發言，他的小主人卻那麼認真，好可愛，好喜歡，好犯規，他說的話燦亞都有記得。齊維抖著肩膀笑，笑嘻嘻的，像個滿足的孩子。

「呵，燦亞大人也很笨拙呢。」

燦亞必須承認齊維這種真笑很好看，他也心情好地應：「我如果表現得很熟練，你又要發瘋。」

齊維爽快地笑應：「嗯。」

看著進入兩人小世界的蘭斯研揉揉眼睛，爽快地給自己兩巴掌，搭著萊洛的肩膀無語地說：「啪啪，誰是打臉小狗？我，純愛好好看喔萊洛，好青澀，人家受不了，可愛死了心好癢要勃起，小寶貝還把我算進家人耶，囂張的帥騎士露出反差的可愛笑容耶，好啦這門婚事我同意，騎士只是太愛了嘛，從現在開始我是齊燦純愛小狗。」

萊洛推開蘭斯研，同意說：「我的兒子確實對情啊愛啊這方面挺青澀的，還在青春期，當然招架不住齊維的進攻，但自己進攻時又很誠懇認真，誰贏得過天然撩。」

無意在長輩們面前獻這齣的燦亞聽聞他們的對話也紅了臉，回頭不滿地叫喚：「……父親。」

「抱歉抱歉，雖然我一把年紀了但也有少女心。」

「嗯嗯，這次放過你們。」蘭斯研敗在純愛之下，大方不追究，唯有一點他還是很好奇，「是說，小寶貝，當你用完十九公分，記得跟我分享感想喔，這輩子沒被插過那麼深，順便說我是雙插——唔哇、萊洛你怎麼可以踹我的翹臀！」

萊洛毫不留情地踹走蘭斯研，以免他把怪怪的知識傳授給燦亞。即便齊維適時地蓋住燦亞的耳朵，燦亞還是有聽到蘭斯研的話，他想起談話最正常的霍佐，遺憾地問齊維：「是我身邊的人都太怪還是我才是不正常的那個？」

「嗯……」齊維笑著反問：「不如說，燦亞大人怎麼還沒習慣？」

「……說得也是。」燦亞花了五秒的時間接受，將鬧劇放一旁，認真地想提大神父的問題，「父親，您怎麼看大神——」

「怎麼看？」萊洛憂心地問：「我在你的心目中是個奇怪的爸爸嗎？」

「我不是要問你這個……！」燦亞心累地講完：「我是說大神父。」

「噢。」萊洛看向揉著屁股的蘭斯研，想了會道：「我本來也不確定大神父的立場，但既然蘭斯研這麼說了就去去看吧。」

「我明白了。」

「討厭，人家又要勃起了，你們好信任我。」蘭斯研捧著臉笑說，但想到大神父，他不由得翻起白眼，「但那老傢伙想幹嘛我就無法保證了，只能保證小寶貝怎麼去就怎麼回來，絕對一根毛都不會少。」

「齊維，明天跟著去。」萊洛說。

「是，岳父大人。」

「幹嘛，不相信我喔？」蘭斯研撇嘴，「傷心，陽痿。」

萊洛沒那麼多時間哄蘭斯研，直說：「多一個人多一分保障，說實話我對大神父沒什麼好印象。」

「好巧喔我也是欸。」蘭斯研根本沒打算幫自己的父親說話，「他就控制狂啊。以前他不准我的頭髮長過脖子欸，傻眼。」

「那你這一趟回去安全嗎？」

「安啦，我又不是以前無法反抗的小鬼了。」

「好。」萊洛相信蘭斯研，二話不說，他以腳尖挑起地面上的劍，轉向齊維說：「事不宜遲，繼續。彌補明天空缺的時間，晚上就不休息了，可以吧。」

「可以，岳父大人。」

「喔喔。」蘭斯研興沖沖地到燦亞的旁邊，「那我們今晚也——」

「蘭斯研。」萊洛的劍身映出蘭斯研的身影，微笑說：「要是你突然興致來了，做了不該做的事情，比如對我的兒子霸王硬上弓之類的，你就要小心你那寶貝的長髮。」

蘭斯研下意識地護住自己寶貝的頭髮，衡量著頭髮與性慾哪個比較重要，最後頭髮贏了，興致卻完全沒了，他嘁嘴，邊走邊說：「呿，散了散了不玩了，洗洗睡就洗洗睡。小寶貝，帶我回去，啊門要鎖好餒，不然萊洛不分青紅皂白要拔我的毛怎麼辦——啊還有明天天亮以前就要去了，我們要偷偷走祕道去神殿，可不要遲到，遲到我就只帶小寶貝去——」

他大吼大叫地離開了。

燦亞拍了拍齊維後跟上去，換他走在前面，在陰暗的通道裡還能聽到蘭斯研的嘀咕。

「人家要泡香香，悶了一身汗臭死了。」

「不玩了嗎？匕首還你。」

「先留著。明天再說吧，現在軟掉，沒有興致，要玩也玩不盡興。」蘭斯研意有所指地說：「你或我都是，跟我打小寶貝必須認真，進入狀態後沒打個三天三夜怎麼行。」

燦亞停下來，回頭問：「老師您知道？」

「知道什麼？你打架會發情？」

蘭斯研一副這有什麼的樣子，他讓燦亞繼續走，燦亞走在他的旁邊，矯正蘭斯研的說法：「不是發情。」

「好好，小寶貝說得是。」

蘭斯研的敷衍使燦亞果斷放棄繼續辯論，他沉默幾秒，按捺不住的蘭斯研就要燦亞說點話，於是燦亞也不客氣地問：「老師，父親在信中提了多少？」

蘭斯研漫不經心的樣子似乎有那麼一瞬間變了，他的眼珠骨碌碌地轉，瞥了燦亞好幾次，男人的聲音不再特別拉高，他沉聲道：「全部都說了。」

「這樣啊。」

「我可以說自己的感想嗎，小寶貝？」

「嗯。」

「那天啊，那天……」蘭斯研注視著眼前的黑暗，扯著嘴角，娓娓道來：「突然說要拋棄歐塔克的身分時我氣死了，連希爾妮的下落也不曉得，萊洛到底在幹嘛？但我也從來沒有看過萊洛那個樣子，再來，不管怎麼說，他都是家主，我一個被收留的人能說什麼？」

蘭斯研笑了一聲，扯住燦亞的衣角，看到燦亞的視線望過來，他靠近說：「後來我才知道他選擇了你，放棄了希爾妮。我想過無數次，要不殺了你讓他只能選擇希爾妮？你們為了一時的安逸選擇放棄你們的至親，真的是還好現在清醒了。」

燦亞沒有閃避靠過來的氣音，也沒有正面回應，因為蘭斯研很快就退開了，他恢復平常的語氣說：「開玩笑的，我只是想想，不可能真的對希爾妮的兒子出手，她那麼愛你，那麼寶貝你，我可捨不得她難過。」

燦亞就算沒有談過戀愛也明白蘭斯研的意思，這連木頭都聽得出來。

「所以，老師是想跟我說，母親在你心中是第一嗎？」

「呦，小寶貝不笨嘛，還好不是笨木頭。我呢，首先是希爾妮，再來才是歐塔克，人家雖然男的女的都可以，但住進我心中的女性一直以來都只有希爾妮，她是第一，是唯一，而且不是喜歡，是愛喔，當時要不是希爾妮的請託，人家才不會理你這個小屁孩。」

「老師，恕我直言，從我認識您以來，您在外的感情關係——」

「我就爛啦。」不用燦亞說，蘭斯研自己認，非常有自知之明，「不敢對真愛出手，只貪圖肉體的歡愉……再說了，希爾妮對我來說是很神聖的存在，我沒辦法、沒辦法，是可以硬，不如說是硬爆，但……」

「停，停下。」燦亞嫌棄，「我不想知道。」

「哼，你該慶幸，要不然你就要叫我爸了。」

燦亞即答：「不要。」

「太令人受傷了吧！」蘭斯研誇張地摀住胸口表示受傷，又假裝擦拭臉上不存在的淚水，「唉，人家就及時行樂，也不能說我錯吧，有性慾錯了嗎？雞雞有自己的意志錯了嗎？對漂亮或帥氣的臉心動難道也錯了嗎？小寶貝你也是男的多少能理解吧？」

「不否認，人類是視覺動物，但心動是本能，忠誠是選擇。」燦亞毫不留情地批判蘭斯研：「老師就是挺渣又挺孬的。」

「中箭！差不多有一千支箭狠狠插進我的良心！」蘭斯研悲痛地大喊，他試圖為自己爭辯：「不是啊，情敵是萊洛耶，怎麼贏？」

「嗯。」

「小寶貝你這個爸寶！啊人家也很喜歡萊洛……喔，夾在夫妻之間也滿刺激的？」

「請不要隨便意淫人家的父母。」

蘭斯研白眼再翻，搭上燦亞的肩膀說：「真是無趣，你在床上的反應也這麼無聊嗎？」

「我未成年，拒絕跟老師談論。」

「對耶，小寶貝才十五歲，所以你的騎士才那麼飢渴嗎？好好笑，你正往好男人的方向成長呢，有一種由我親手汙染會很興奮的背德感，呼呼，真的不讓我啃一口？我教你接吻的技巧。」

「我家的狗會發瘋。」

「瘋就瘋吧。」蘭斯研以手扳過燦亞的臉，眼神深情，語帶懷念：「你長得越來越像你母親了。」

燦亞皺眉，不客氣地推開蘭斯研，「這話聽起來很渣。」

「不否認。」蘭斯研雙手一攤，他在通道出口處停下來，手指習慣性地繞捲頭髮，凝望著燦亞，透過燦亞想著他的心上人，說：「我永遠不會原諒陛下，不論是你還是霍佐，說真的誰贏都可以，只要把那混蛋拉下來揍一頓就行了。」

燦亞推開黑板，回到最一開始的堆滿雜物的空間，他拍掉身上的灰塵，表情平淡，回首看著蘭斯研，道：「您就沒有想過，母親可能還活著嗎？」

「我不敢抱期待。」

「那您就一輩子藏著您的心意吧。」

「哈，小處男還想給我戀愛意見啊？」蘭斯研指著燦亞嘲笑，見燦亞沒有理會，繼續往前走，走上樓梯，蘭斯研才又噘著嘴跟上，「我說啊，其實我覺得——嗯，先不要說好了。」

「什麼？話不要講一半。」

「哼，親愛的也是渣男吧，利用著騎士的愛。」

「他是我的騎士，為什麼不能利用？齊維的心意以及他為我做的一切我都有看在眼裡，等到事成以後，他想要什麼，我都願意給他，只是……」

「只是？」

燦亞猶豫，看在對方經驗豐富的份上，還是說出藏在心裡許久的疑慮：「如果，齊維的主人是其他人，他也會這麼忠誠吧。還有，得到我以後，齊維真的就能滿足了嗎？」

蘭斯研掏掏耳朵，摸摸鼻子，看看褲襠，像個變態笑出來：「呵、呵呵呵呵呵，小寶貝真是太可愛了，我要勃起啦，好想掏出來，有性致了有性致了。」

第一次跟別人傾訴這種煩惱的燦亞紅著耳朵瞪蘭斯研，不滿地問：「您在嘲笑我嗎？」

蘭斯研擺手，笑說：「你想太多了啦，沒這麼複雜，喜歡就是喜歡啊，喜歡一個人哪需要什麼大道理，你自己不也說了嗎？忠誠是一種選擇，那你家的騎士就是選擇你。我說，喜歡這種事，可能只是一眼又或者是一個動作，你就會咻——陷入無可自拔的戀愛……唉，小孩子還不懂啦。喔，小歐你在門口等我們嗎？誰是可愛的小貓咪——」

看見兩人走上來的小歐越過蘭斯研跳到燦亞的身上，燦亞摸摸牠，不滿地抗議：「我快成年了。」

「才剛開始啦。」

蘭斯研的心情變好了，他哼著不成調的音跳上去，和搖著尾巴的小塔打招呼，他們一起走出來，小歐從裡面關上門再從小洞口鑽出，再看一次蘭斯研還是覺得這機關很酷，歐塔克總是能給他許多樂趣。

「小寶貝，我說的剛開始，是指你的人生喔。」

「想說我還是小孩子嗎？」

「以年齡來說，確實是啊，不過我想說的是……」蘭斯研笑看燦亞，突然收起嘴角，真摯地說：「我能夠預言，考驗的結束並不是你的終點。你的靈魂並不屬於這個世界，但是被世界認可的存在，是，又不是……而你和騎士的旅途，還很漫長。」

燦亞聽進去了，但聽得不是很懂，「什麼意思？」

「嗯——不知道耶。」蘭斯研很不負責任地回，他歪頭思考，以輕浮的態度說：「當我做夢夢到的吧。」

Mr. Knight, Please Restrain Your Heart's Whispers

Chapter Three

✦

神獸之子

天尚未亮，外頭仍是一片黑。

準備好的燦亞和齊維正在等蘭斯研，他說要借用萊洛的房間，一個人關在房內不曉得在幹什麼，裡頭不時傳來一些難以入耳的咒罵聲。齊維絲毫不在意，貼著燦亞與他分享和萊洛的訓練過程，來之前齊維已經整理過自己，恢復成金燦燦的帥氣騎士，乾淨的大狗狗瘋狂與主人貼貼，精神可好了，完全不像熬了一夜的樣子。

沒多久，房門打開，從裡傳出萊洛不耐煩的聲音。

「好了你快出去，說要早點出發的人不是你嗎？」

「人家後悔了，我不要——」

萊洛將抗拒的蘭斯研拖出來，燦亞一看，愣在蘭斯研的黑色頭髮上，不只如此，他的穿著也有大大的改變，蘭斯研就算是統一的制服也會依照自己的風格做改變，習慣上會把褲子拉高顯腰身，褲襠最好緊一點，他喜歡被包住勒緊的滋味，上衣也會擅自改短，而印有伊白家徽的半披風不知道被蘭斯研丟到哪，他是不穿披風派，再然後別人穿短靴，他改要穿長靴，整體而言就只有一個字，騷。

現在卻簡簡單單地穿著寬鬆的白衣黑褲，低領是蘭斯研最後的堅持了，單薄的衣料顯現出精瘦的身材，剛剛好的肩膀撐住了老舊又鬆垮的上衣，蘭斯研的臉很臭，不說話的時候就只有一個字，帥。

「老師？」

「對啦是我！」蘭斯研暴躁地吼，想要摸自己柔順的頭髮消消氣，摸空了才想起他穿戴著假髮，他跺腳哀號：「煩欸黑色的醜死了！怎麼襯得出我的美貌！還有萊洛你的衣服是怎麼回事！爛成這樣是抹布嗎？怎麼沒有一件衣服是可以看的！」

「抹、抹布？」無辜的萊洛不滿地反駁：「明明有正裝給你選！」

「那風格就不適合我啊！你的穿衣品味太無趣！你認為的平民風是窮酸嗎？太瞧不起平民了吧？」

萊洛被說得越來越站不住腳，他看向自己的衣服，受傷地指向自己的兒子說：「可是燦亞也這樣穿……」

「燦亞是少年耶！是繼承希爾妮美貌的孩子耶！正處於穿什麼都好看的年紀，跟你這個大叔怎麼比？我又不能跟燦亞借，小朋友的衣服人家穿了會爆開吧。」

蘭斯研一次冒犯了燦亞小朋友和萊洛大叔，萊洛還在無限重複大叔兩個字，尚未從衝擊緩和過來，受牽連的燦亞則為自己發聲：「老師，我也沒有那麼小。」

「是喔，你家的騎士笑咪咪的一副我家主人小小的好可愛的樣子欸。」

燦亞立即回頭看向齊維，蘭斯研說對了，齊維正散發著一種「嗯我家的小主人最可愛了最可愛了最可愛了」的光環，彷彿能夠從光環中看到飄出來的愛心，燦亞想再說一次他沒有那麼小，各方面，但說了不知道會不會被迫做一些大人才能做的事，所以被一堆愛心擊倒的他選擇不爭。

「算了，反正就是見老頭子一面，先說好，我是不想聽老頭子唸才打扮成這樣。」蘭斯研自顧自地傷人後自顧自地總結，他抱著胸，斜眼瞟向燦亞，試探性地問：「小寶貝覺得這樣適合我嗎？」

「不適合。」

「對吧！」

「老師平常的樣子就很好，充滿自信的樣子……」燦亞將手裡遮擋容貌的長袍遞給蘭斯研，再伸手幫忙理好蘭斯研那頂凌亂的假髮，說完：「最好。」

蘭斯研從臭臉變到開小花花只花了一秒的時間，他笑捧燦亞的臉搓揉道：「聽！聽聽聽！小寶貝的嘴多甜啊！萊洛你早這樣哄我就好了，臭直男，真不懂你怎麼把到希爾妮的。好吧，說實話，我這樣很帥，有自信的我不管怎樣都美又帥，是吧，兩位？」

萊洛不知道一個晚上要被蘭斯研嫌棄幾次，他嘆著氣點頭，附和：「帥。」

齊維在燦亞的威脅下也笑著說：「美。」

「好。」蘭斯研開心了，穿上長袍邊跳邊走，「出發出發。」

也是很好哄。

萊洛在蘭斯研背後給燦亞一個讚，並叮囑燦亞自己小心注意。燦亞點頭，再次確認藏在腰間的武器，外面已經準備好馬兒，他們要趕在天亮以前到市區的神殿。燦亞剛想問他的馬在哪就突然被齊維抱起來，原來是他們一起，燦亞也沒抗拒，反倒是蘭斯研在後面叫囂羞羞臉，小寶貝就是小孩子，燦亞眉毛一抽，從齊維的懷裡探出頭來回以蘭斯研一根中指，蘭斯研驚呼小寶貝學壞了，齊維跟著笑說：「學壞了。」

燦亞意思意思地捶了下齊維的胸口譴責，驀地憶起齊維在狩獵祭上騎馬帶走他的那一刻，誰料想得到那時候的抗拒都變成了現在的盲目依賴，下秒燦亞收起視線，想著未來再感嘆吧。到市區後不能太顯眼，馬就拴在隱密的地方交給蘭斯研的人照看，通往神殿的祕道藏在某戶人家，在蘭斯研的帶領之下一路都很順利，接應的是位有點年紀的男性，他將祕道的入口藏在臥室的地毯底下，入口偏小，需要一個一個進去，蘭斯研帶頭，齊維最後，他們除了披著長袍外也戴著半邊的面罩遮住面容，照理來說遮成這樣了應該認不出來是誰，燦亞卻一直能夠與那名男性對上眼，對方甚至親切地對他微笑。

燦亞感到困惑，但眼下的時機不適合多問，他跟著蘭斯研走下地道，在入口關閉之前，燦亞聽到那人說——

「燦亞少爺，歡迎回來。」

燦亞迅速回頭，只見到那人的下巴，越看越覺得眼熟。門關上後就要靠蘭斯研手上的提燈指路，眼看蘭斯研要繼續走，沒有解釋的打算，燦亞便叫住他：「老師！」

「先跟上，我們的小少爺寶貝也太慢察覺了。」蘭斯研難得正經地說：「歐塔克一直都在，暫定在各個地方，等著回家。」

「我們的家……」

「啪，沒了，在那天燒得精光，但家主、家主夫人和少爺在的地方就是歐塔克的家。」燦亞微頓，現在才扛起歐塔克責任的他受到良心的苛責，他確實安逸太久了。

「燒光了沒關係，再建一個就好。」

「喔？小寶貝有錢嗎？」

「沒有，但我家的騎士有。」

「嗯嗯有的。」齊維向蘭斯研介紹：「房子我早就準備好了，燦亞大人也看過，就看燦亞大人什麼時候想入住。至於僕人我是從母親那調來的，不需要也可以調回去，資金我也有，絕對付得起大家的工資。」

蘭斯研回眸看了眼比提燈還要燦爛的騎士，不禁說：「……欸不是，小寶貝你真的是賺到欸，哪有騎士附贈宅邸和工作機會的，騎士還這麼帥。」

「嗯，賺爛。」

蘭斯研看到了，看到燦亞後面的騎士傻愣到變態笑的過程。

齊維聽到燦亞的回答先是愣住，爾後回味，再來呼呼呵哈呵笑。蘭斯研沒有看到的是燦亞耳朵泛紅的樣子，走在燦亞身後的齊維看得一清二楚。

『呼呼，我才是賺爛了，能夠成為燦亞大人的騎士，賺爛了賺爛了，哈呵哈哈嘻——』

『……不准笑了。』

『是、呼……沒有笑。』

蘭斯研聞到一股戀愛的酸臭味，但想到燦亞昨天的問題，覺得他們離心意相通、心意相等還要好一段距離，他等著看戲，一定是一齣精彩又有趣的戲，蘭斯研期待死了，哈呵哈哈嘻。

祕道其實不只一條路，看來是以防外人闖入，設置得錯綜複雜，燦亞一路看來也看不到什麼標誌，不曉得蘭斯研是根據什麼毫不猶豫地向前邁進，走了好長一段路，終於看到了一個梯子。蘭斯研將提燈交給燦亞，自己先爬上去，頂端有一個圓形的蓋子，蘭斯研猛力向上推開，上面是告解室的一個小房間，再三確認周圍沒有其他聲音後蘭斯研才讓其他兩人上來。從告解室出來就是一般民眾可以前來進行禱告的主內殿，清晨神殿尚未開放，也是大神父獨自向天神禱告的時間。

大神父站在聖台上，面對著天神的巨大雕像，晨光透過玻璃窗照射在天神身上，讓人產生神在發光的錯覺。蘭斯研第一眼看到的就是這一幕，他吐出舌頭嘔一聲，發出的聲音打斷了大神父的禱告，大神父回過頭，在逆光的情況下，燦亞看不清楚大神父的容貌，直到他走下來，燦亞才明白那是光頭的反光。

「噗哈、幾年沒見，你的頭髮全沒了啊？笑死我了！天神有沒有給你預告說會禿頭？」

「……對於你許久沒見的父親，第一句話是這個嗎。」

大神父的語氣冷淡，也不像是與許久沒見的兒子講話，他冷眼掃過蘭斯研身上的衣裝，從那不苟言笑的面孔讀出一絲不滿，白色的長袍在他身上顯得更莊重神聖。他比蘭斯研高一點，即使有了年紀體態依然結實，給人的感覺更有壓迫感，不論是口吻還是眼神都沒有溫度，宛如高高在上的神，傲視著底下的一切。

「太晚了，我兩天前就通知你要把他們帶來。」

蘭斯研咋舌，「別理所當然地命令我。」

大神父像是沒有聽到蘭斯研的話，繼續說：「你那可笑的髮色還沒有改回來嗎？你的母親很擔心你，等會撤下假髮，換個衣服去看看她。」

「你是耳朵有問題？我說，別命令我。」

大神父收回視線，絲毫不在乎蘭斯研的意見，把自己的話說完了就越過蘭斯研到燦亞的面前，直說：「讓我看你的印記，燦亞·歐塔克。」

燦亞伸手擋住躁動的齊維，就算是大神父，一見面提出這種要求確實無禮，不過燦亞也沒有做該對大神父的行禮，主要是大神父對蘭斯研的態度以他這個外人來看也令人很不爽，在短暫的沉默過後，燦亞乾脆地掀起衣服露出左下腹的太陽印記，大神父僅看了一眼便知道真偽。

「Sun的靈魂顏色與一般人不同，你是金色的，璀璨的金，純粹的金，就算我不承認，命運也會把你帶來，所以不要逃避你的使命，歐塔克。」大神父死死盯著燦亞，冰冷的眼神終於染上了熱度，「我以前見過你，你的母親帶著你來，請求我給你祝福，不過當年你還小，或許不記得了。」

燦亞不太喜歡大神父看著他的眼神，皺著眉應：「不，我記得。」

「那個時候，天神並沒有給我任何啟示，但既然是皇室的血脈，我就沒有拒絕混種。」

燦亞一愣，替他拔劍的是齊維和蘭斯研，場面瞬間一觸即發，大神父依然只看著燦亞，不為所動。燦亞一點一點地洩出殺氣，像條吐信的蛇鎖定獵物，他質問：「您現在說誰是混種？」

「精靈是神的寵兒，也是神最完美的傑作。在高尚的血液中混了較為劣等的人類基因，對神來說就是混種，你也是。」大神父完全不畏懼眼前的劍鋒，在他眼裡更重要的是漂亮的靈魂色彩，「但你的靈魂不是，你的靈魂成熟了，變得更美麗耀眼，是我一直求而不——」

「夠了。」蘭斯研一腳插入齊維和大神父的中間，他讓齊維後退，以大人的身分擋在孩子們的面前，「蘭迪瓦，清醒點，不要把你噁心的執著放到我家的小寶貝身上。」

大神父眼裡的色彩頓時剩下那不像樣的粉紅色，蘭斯研將假髮拆掉了，真實的模樣讓大神父更不順心，他譴責：「你不該直呼父親的名字。」

「囉哩囉嗦，隨便，趕快講你找他們來的重點。」

蘭迪瓦重新看向燦亞，恢復正常的冷漠態度說：「我會幫你，燦亞．歐塔克。」

「相對的，要我們幫你幹嘛？」

蘭斯研並不認為他的父親有那麼好心，仍舊警惕著，蘭迪瓦也沒有隱瞞，直說：「戰爭即將開打，天神預言，歐塔克將會是阻止陛下的關鍵，考驗只是一個藉口，他會藉由考驗先向人魚宣戰。」

「這不是如你所願嗎？你那麼討厭下等的人魚。」

「神並不希望有戰爭。」

「哇那真是感謝神的大愛。」

「你確實該感謝神還沒有捨棄你，蘭斯研。」蘭迪瓦說，「燦亞·歐塔克，告訴我你的想法。」

「我無法保證，但我不會讓陛下如願，考驗不能因為戰爭而失效終止，我必須贏得勝利，成為王。」

「那麼，希望你能說到做到，歐塔克。」蘭迪瓦閉上眼睛，下秒突然睜開直望齊維，他就只是看著，然後趕客：「回去吧，時間差不多了。接下來你只要在儀式登場，剩下的我會請蘭斯研轉達。」

「知道了知道了。」

「你要去哪？我是和歐塔克談完了，但你還沒。我說了，去換衣服看你的母親，我不會再說第三次。」

「好怕喔，老頭子，我一拳就可以把你灌爆，不要再用那種語氣命令我。」蘭斯研推著燦亞和齊維走，他回首說：「母親我想看的時候自己會去看，要不是跟小寶貝有關，我才不會來找你。」

蘭迪瓦倒也沒有追上去，只是看著他們越走越遠的背影，道：「蘭斯研，願天神保佑你。」

聞言，蘭斯研回以一根中指，禮尚往來回說：「願天神保佑你。活久一點，為你的神繼續工作吧，啊過勞死的話就去怪你的神——」

他們沿原路返回。

回到祕道蘭斯研第一個問：「小寶貝，你見過老頭子怎麼沒有跟我說？」

「那時候我還小，記憶有點模糊，只記得母親一個人帶我去的，想不起細節所以沒說。」

「哈，他竟敢說希爾妮是混種，那樣是崇精媚外！」

「崇精媚外是什麼？」

「崇拜精靈，奉承外國人！」

看到蘭斯研那麼氣，燦亞反而能理性看待：「神本來就比較寵愛精靈。」

「哼，那祂怎麼沒有寵愛你？」

「嚴格來說，我只有四分之一的血統？」

「總之心情就是不爽……混什麼種，講得有夠難聽。」蘭斯研回頭尋找認同：「對吧齊維！」

齊維微笑點頭，眼裡卻沒有笑意，「我不喜歡大神父看燦亞大人的眼神。」

「他就奉神到有點變態了，我不太懂啦，好像在追求最靠近神的存在之類的吧。不知道他在小寶貝的身上看到了什麼……靈魂的顏色？也是啦，比起人類一般的靈魂，對老頭子來說摻有精靈血統的靈魂更美吧？」

「燦亞大人確實閃閃發亮的。」

蘭斯研受不了戀愛腦，吐槽：「那是因為你太喜歡小寶貝吧。」

「嗯，燦亞大人的周圍有著非常棒的光暈，好喜歡。」

蘭斯研不曉得齊維是在浮誇式告白還是認真的，為了以防萬一，他問：「呃，你現在是在說真的還假的？」

「真的，絕無虛假。」

「真不是你愛到腦子有問題？」

「那也是有可能。」

聽著兩人的對話，燦亞乾脆地熄滅提燈，在一片黑之下進行確認，「這樣呢？」

「燦亞大人更亮了。跟大神父說的金不太一樣，現在看是溫暖的金，十分漂亮，移不開雙眼，想一直看下去……我猜，跟燦亞大人的心情有關，燦亞大人害羞的時候，金色就會透點粉色，可愛得不得了。」

說到這種程度，如果真的是錯覺，那大概已經病入膏肓。蘭斯研不得不追問：「那你看得到其他 Sun 的顏色嗎？」

「沒有注意過，我不太在乎其他人，不過我是最近才看到的。」

蘭斯研仔細地盯著燦亞的方向，他夜視能力不差，是看得到燦亞，可根本看不到齊維所說的光暈。蘭斯研沉默，聽到燦亞的呼喚，他才道出自己的疑慮。

「老師，這有什麼問題嗎？假如齊維看到的不是錯覺。」

「一般來說，能夠看見靈魂顏色的只有大神父、成年的神獸和某些精靈。擁有繼承大神父資質的人或許也看得到……但我沒有，我弟就看得到，順帶一提，大神父是世襲制。」

燦亞有點驚訝：「你有弟弟？」

「被老頭子關著唄，沒有很熟，跟我差了有十幾歲吧。」蘭斯研聳肩，聽起來不怎麼在乎自己的親生弟弟，他笑拍齊維的背，開玩笑道：「齊維你該不會是我失散多年的弟弟吧？總不可能你母親是神獸，雖然神獸可以變成人，但不管怎麼說那是人獸交歛。嗯，很漂亮很帥的我也是可以啦。神獸本來就都很好看，變成人一定更好看吧？喔這個學校裡不會教，畢竟大神父要和神獸交談，必須看出偽裝成人的神獸，我是因為小時候學過才……對了，神獸要滿二十年才算成年，你幾歲？」

「上個禮拜過生日，二十了。」

燦亞又是驚呼：「你生日過了？」

齊維笑說：「我的生日禮物是燦亞大人的親親，您說我可以親吻您。」

「喔？」

蘭斯研像聽到八卦似的，很感興趣。燦亞尷尬地輕咳，將話題轉回來：「你那時候是不是就說我身上有光輝？」

「我以為那是精靈的光輝……啊嗯，請等我一下，我需要一點思考的時間。」

「剛好二十歲啊。」蘭斯研默默推測：「恰巧也是二十幾年前，神獸越來越少出現，那個時候甚至有傳聞說神獸自願被人類眷養，住在森林裡的某個別墅……」

「我是在別墅裡出生的。」齊維說，他的表情不變，微笑道：「我的父母時常在別墅度假，現在也是在別墅。」

齊維說完，也漸漸地意識到不對，他與燦亞互看，一同陷入沉默。

知道齊維家裡狀況的燦亞：「……」

越想越覺得自己的父母可能幹得出眷養漂亮神獸的齊維：「……」

什麼都不知道的蘭斯研受不了黑暗，重新點燃提燈，看到兩人凝重的表情，問：「啊？怎麼了？」

「……你沒有問過嗎？」燦亞委婉地提：「關於你的親生母親。」

「我只看過她的肖像。其他的不清楚，但我的父母真的很愛她，每次都只說她有多好。」

「誰？」蘭斯研聽不懂，「等等，你的父母愛誰？親生父母又是怎麼回事？」

齊維邊走邊解釋，蘭斯研的臉色跟著凝重起來。

「喂喂，這可嚴重了！回去問清楚。神獸也是有分階級，比如說精靈忌諱著守護人類的森林之王，幽狼；人魚忌諱著守護人類的海洋之王，雷鯨。他們兩個也都是神獸之王，你如果是幽狼的孩子就代表你可能擁有號召其他神獸的能力，同時，王也可以命令你。」蘭斯研感到頭痛，特別嚴肅地說：「只有王能夠命令神獸，倘若王命令你背叛燦亞，你——」

「不會的。」齊維截斷蘭斯研的倘若，盡可能冷靜地分析：「如果我真是神獸的孩子，也只有一半，不是嗎？我的另外一半是人類，請完全不用擔心，我會在傷害燦亞大人以前自殺。」

蘭斯研嗤之以鼻：「哼？講講誰都會。」

「我發誓，以騎士之名，所以。」齊維轉向燦亞，他想笑著，嘴角卻扯不起來了，騎士嚥著唾液，腦袋一瞬間想了很多，最終極度卑微地請求：「請不要、請不要因為這樣丟下我，燦亞大人……」

死纏爛打的傢伙怎麼突然這樣？

因為出現了他無法掌握的事情。齊維一直以來都在奉獻，為了燦亞的安危去尋找真相，為了幫忙燦亞贏得勝利去加強訓練，為了燦亞走到現在這個地位，所以有理由死纏爛打，所以燦亞也對他抱持著感激的感情，所以燦亞不斷地容忍他到依賴他，讓他越來越能夠借此放肆。

現在不是了。

他有可能傷害燦亞，那還能待在燦亞的身邊嗎？

「老師。」

「嗯？」

「講講確實誰都會，但我的騎士永遠不會對我說謊，再加上他有創傷，很脆弱，要是發起瘋來自殺了會是我的損失。」

言下之意，你多話了。

蘭斯研挑眉，想不到自己的學生為了騎士而指責他，他不以為意地哼聲，就看燦亞打算怎麼做，不然他也會鬧脾氣，此時此刻直接把事情鬧大。

「他現在心裡怕死了，認為自己沒用了，怕被我拋棄，超級動搖。」燦亞捏住齊維的臉頰，抓下來指說：「你看連那最討厭的微笑也維持不住。」

順從彎下腰的齊維被燦亞的手擠著嘴，的確無法維持微笑，他只能弱弱地抗議：「……燦亞大人。」

「怎麼？狼是很忠誠的動物吧。我沒有弱到會被你殺死，要是真有那種情形，我給你時間控制好，然後重新忠誠於我，做不到嗎？」燦亞將齊維的臉扳向自己，口吻強硬：「做不到嗎。」

齊維愣住，下意識地應：「做得到。」

燦亞似乎還不滿意，他鬆開齊維的臉，突然踹倒齊維，趁他跪下時拽起齊維的頭髮，強迫他抬起頭仰視自己。四目相對，璀璨的金劈開騎士的疑慮，燦亞像是看著齊維的靈魂，是那樣深沉，是那樣不容質疑，是那樣使人震懾。恍然間，燦亞彷彿是齊維的神，完美的神，纖長的銀色睫毛投下陰影，神的皮膚白皙，隱隱能看見底下的青筋，神聖的透瑩感讓人更想抓住，齊維的靈魂再次動搖，在金銀色彩的交錯下為他的神燃燒。

「和你有連結的是我，那怎麼不想我也有可能透過你號召神獸？收起你無謂的畏懼，齊維。你的血液、你的心以及你的靈魂都只會臣服於我，我是你的Sun，你的王只有我。」

齊維愣在那裡。

滿臉通紅地接受神的霸道。

他沒有發出詭異的笑聲，也沒有道出任何心聲，就只是愣著，直到神溫柔地挑起他的下巴，問：「看來是沒事了？」

齊維回神，他笑了笑，忽然什麼都不怕了，就算他真的是神獸的孩子又如何，就算王真的可以命令他又如何，他的靈魂已經交出去，他的一切都連結著他的神，他身上的色彩也是燦亞的……他的王、他的Sun、他的神，是燦亞真的是太好了。

少年生來就是王。

而他生來就是王的騎士。

齊維一直以來都沒有說，燦亞其實有在心中默念的習慣，不論是和人交談或是獨自待著的時候，因此燦亞在哪裡、與誰說話、心情怎麼樣齊維都很清楚，因此他也有聽見燦亞對蘭斯研說「齊維的主人是其他人，他也會這麼忠誠吧」這句話。

不是喔。

如果不是燦亞，他就不會這麼瘋了，也只有燦亞會如此地安撫著他，所以他才這麼瘋。

「嗯，沒事了。抱歉，讓燦亞大人這麼費心。」齊維站起來，恢復一貫的笑容，臉頰上還帶有尚未褪去的紅潮，「嘿嘿，最喜歡燦亞大人了。」

燦亞鬆口氣：「……笨蛋。事情沒那麼嚴重，別多想了。」

蘭斯研超想大喊「不不不事情可嚴重了，神獸和人類的孩子前所未有根本可以列入國家重要大事，是足以計入歷史的大事件啊」、「被其他人發現齊維可是會被抓去研究」，可他敗給眼前的純愛，也很想喊「這沒有在一起就不要這樣演欸，雙向奔赴欸怎麼還沒有在一起」、「氣死心太癢了要抓到破皮」、「年輕人的純愛故事太誇張好看」……齊燦純愛小狗後來放棄了，國家大事哪有齊燦愛情故事重要，要是哪天他不得已接下大神父的位置，他一定要把這美好的愛情寫入歷史。

「呦，小寶貝也是很會調教嘛。」

蘭斯研實在是忍不住插上一句調侃，燦亞沒反駁，蹙眉說：「想到我的狗對別人汪汪叫，我也會很不開心。」

「討厭，人家心動了。小寶貝，能不能踩我？你剛剛抓齊維頭髮的樣子讓人家好興奮。」

燦亞即答：「不要。」

齊維也想再來一次，興奮地問：「那我——」

「沒有。」燦亞繞到齊維的身後，推著他走，接著再推著蘭斯研，「好了回家，不論是大神父還是陛下，我們歐塔克都不會輸，剩沒幾天了，加緊準備。」

我們歐塔克。

涵蓋齊維與蘭斯研。

聽起來太順了，兩人皆露出笑容，朗聲附和。

「是的，燦亞大人。」

「當然不會輸，小寶貝。」

距離考驗還剩三天。

所有人都在為考驗做準備，齊維繼續接受萊洛的訓練，燦亞則跟著蘭斯研，除了對打找回手感之外，蘭斯研也算是歐塔克的軍師，他們一起分析其他對手以及考驗的走向，這些事本來是燦亞一個人要做的，現在多一個勉強可靠的大人，燦亞的心底也比較踏實，還可以把翹課的錯推給蘭斯研。

其實學校為了幫忙準備考驗，大部分的平民與騎士都被當成免費勞力送過去，幾乎沒什麼在上課。這種情況下，說不定更能一一收集情報，但燦亞想到要經營人設就覺得累，便把父親的話拋到腦後，以蘭斯研作為藉口不去學校，反正也找不到夏普。

夏普就像是人間蒸發似的，完全看不到他的蹤影。

事到如今，燦亞已經不在乎夏普的來頭，只想確認他的死活。很快，短短的三天在忙碌中一下子就過了，幾人各自含著不同的決意，為全國矚目的考驗展開序幕。

考驗當天。

「燦亞、蘭斯研。我們走。」

歐塔克家主說。

考驗前的宣誓儀式在學院旁的競技場舉行。

宣誓儀式任何人都能參與見證，故選擇佔地廣大的競技場，裡面容納人數高達上萬，各式各樣的比賽皆在此處舉行。若是舉辦特殊的儀式或是典禮便會再搭建舞台與觀眾席，底下的觀眾席需有邀請函才能進入，燦亞一行人就以大神父名義給予的邀請函入場，剛開始不能過於高調，燦亞、萊洛以及蘭斯研都穿著長袍與面罩掩蓋，所幸受邀來訪的精靈與人魚大部分也是以這種裝扮出現，不過底下的觀眾席有限，一張邀請函只限三人入場，因此齊維改與他的父母親進場，當然，得知不能與燦亞一起入場的齊維經過一哭二鬧三要與占名額的蘭斯研拚個你死我活，最後被燦亞嚴厲阻止，糖與鞭並用，說服齊維乖乖聽話，順便讓齊維早一天回去問清楚他的身世之謎。

此時不只所有的座席都坐滿了人，連競技場的外圍也被人群佔據，場面極為盛大隆重。

台上的紅毯一路延伸到中間的拱型通道，燦亞直盯著那裡，不曉得是周圍的聲音還是自己的心跳聲比較大。

「緊張嗎？」萊洛壓低聲音問。

「……說不緊張是不可能的。」

「沒事，我也很緊張。」萊洛深吸一口氣，獨自呢喃：「要久違地見陛下了啊。」

燦亞抬眼，因為長袍的帽子與面罩的關係看不太到父親的表情，他因而用動作表示，握住那雙比他寬大厚實的手，問：「父親，你願意和正值青春期的孩子牽手嗎？」

萊洛愣怔，感受到孩子的暖意，不禁笑回：「我很樂意。你大概十歲後就不喜歡和我牽手了。」

「長大了嘛。」

「在我眼裡永遠是孩子啊。」

萊洛才剛感慨完，遠處學校的鐘樓響起，每個值勤中的騎士開始踏步，吵鬧的聲音瞬間下降，爾後競技場一片寧靜，有人高喊——

「帝國的太陽，希爾魯・克利夫斯陛下入場！」

某個身影從拱型通道裡走出來。

烈焰似的紅髮彷彿燃燒著天空，藉由著紅色的長披風延伸至地面，天與地染上拂曉之色，偉大的陛下穿著符合俊美容貌的華麗深色褲裝，負責點綴的金色配件不曉得晃到了誰的眼裡，從他的步伐中能感覺到屬於王的威嚴與霸氣，陛下的手裡拿著象徵帝王的權杖，他走到定點，等著身後的大神父以及六位 Sun、六位騎士入場站定。

恍如過去加冕儀式的那天。

可是那雙腥紅的雙眼，不再是萊洛熟悉的樣子。

他們也不再是年輕時的稚嫩模樣。

萊洛握緊燦亞的手，又是一次深呼吸，他微笑對燦亞說沒事，抬起目光時卻不經意地對上那抹腥紅，萊洛微愣，專屬騎士的本能在血液裡翻騰，那是習慣的錯覺，畢竟他們已經解除關係許久，更何況距離那麼遠，人又那麼多，他不可能被陛下發現。

錯覺。

不重要的錯覺。

萊洛再次提醒自己。

開場由大神父開始，就是一些讚美天神感謝天神的開場白，接下來才是宣誓，由陛下作為開端，本該是向著神殿的方向宣誓，希爾魯卻直盯著底下的觀眾席。

「我，希爾魯‧克利夫斯，將以雙眼見證王的考驗，願忠於考驗的結果，願忠於新王的誕生，願天神庇佑帝國，賦於我們自由，賦於我們權力，賦於我們生生不息。世代的替換並非終結，而是新的開始，願天神的守護者慈悲且慈愛地見證新王。」

希爾魯淡淡地收回視線，抬起手來介紹即將入場的貴賓。

「賈昆，精靈王的代表，天神的守護者。」

「梅嗣，人魚王的代表，天神的守護者。」

纖細美麗的精靈與壯碩醜陋的人魚紛紛掀開長袍，從最前排的觀眾席一左一右踏上舞台，他們像是對此儀式不感興趣，沒道任何感想，就是單純覆命來看人類又要幹什麼複雜的蠢事。希爾魯微笑，繼續把話說完。

「兩位將與我們一同見證，七位Sun，七位候選人。」

燦亞幾人和大神父皆是一怔。

陛下說七人，那就是包含著燦亞．歐塔克。蘭斯研皺眉，低聲道老頭子傳說他沒洩漏，也沒出賣他們。依照他們的計畫，應該是由大神父宣告七位，這才公布燦亞的存在。陛下的七位之說已經漸漸地引起騷動，但他並沒有解釋的打算。

「願天神的傳達者誠實地宣告。願天神的覺醒者忠誠地宣誓。」

陛下的咬字在特定的詞中下得特別重，他依然看著底下的觀眾席，說完後便將後續交給大神父。雖然計畫出了差錯，但目的不變，大神父頗鎮靜地繼續主持。

「我，蘭迪瓦，天神的傳達者，將以雙眼見證王的真偽。七位Sun，七位候選人，七位太陽的騎士——傑夫，克利夫斯之子。太陽騎士，奧；亞因，克利夫斯之子。太陽騎士，唐絲；夏特，克利夫斯之子。太陽騎士，無；霍佐，伊白之子。太陽騎士，康福；梅維亞，哈爾之子。太陽騎士，艾米曼；考伯頓，庫克之子。太陽騎士，海爾；最後一位，燦亞，歐塔克之子。太陽騎士，齊維。」

大神父唱名到燦亞之刻，燦亞站起來，掀去長袍在眾目睽睽之下與齊維一起來到舞台下方，為首的燦亞眼都沒眨就踢翻了試圖阻擋他們前進的皇家騎士，齊維一看到燦亞，就止不住興奮地問：『燦亞大人，您剪頭髮了？』

『這樣看得比較清楚。帥嗎？』

『帥瘋了嗷，一顆心撲通撲通地狂跳。』

『你摸著胯下說心？』

他們毫不費力地來到了台上，毫無畏懼地來到了陛下的面前。大神父接著說：「其，燦亞．歐塔克為半途覺醒的案例。」

燦亞抬頭望向希爾魯，卻發現希爾魯並不在乎他，視線反而還是往底下瞟，直到萊洛拿下長袍的帽子與他相看，希爾魯才滿意地收回目光，然後以眼神催促燦亞。

疑惑歸疑惑，但既然父親沒有多說什麼，燦亞便深吸口氣大聲說：「我是歐塔克之子，燦亞．歐塔克，我的父親萊洛……不，整個歐塔克曾經隸屬於皇室祕密特殊暗殺部隊，歐塔克忠於克利夫斯陛下，為陛下所用，但我的父親負傷退休，自願捨棄歐塔克之名。如今，繼承歐塔克之名的我重返歸來，願陛下認可。」

證明著歐塔克的卷軸在齊維的手裡，燦亞剛要拿，希爾魯忽然抬手制止，臉上帶笑，說：「歡迎歸來，歐塔克。我並沒有遺忘你們對帝國的貢獻，尤其是我的騎士，萊洛．歐塔克。」

他向台下的萊洛伸出手。

此話一出，騷動的聲音越來越大，當初有特別隱瞞歐塔克的存在，時間一久，陛下的專屬騎士也成了謎。燦亞演這麼一齣只是為了消除貴族對他身分的疑慮，也讓在場的其他人更能接受他，當然，也是為了不讓齊維蒙羞，讓別人以為齊維服侍的是莫名其妙的人士，然而現在的效果已經遠遠脫離計畫。

「上來，萊洛。」

什麼意思？

陛下是什麼意思？怎麼知道有第七名Sun？他們這是落了誰的陷阱？希爾魯為何如此執著萊洛？難道說一開始就是衝著——

「不用擔心，相信我。」

萊洛在掠過燦亞時小聲地通知。只見萊洛重新跪在他的王面前，親吻王遞來的手，希爾魯按住他的肩膀，彎下腰在萊洛的耳邊低語。

燦亞看到了。

他說：「你自投羅網。」

燦亞瞬間盯上希爾魯的脖子，但萊洛站起來擋住，並用眼神示意燦亞冷靜。一切希爾魯都看在眼裡，他笑著道：「是，歐塔克本為優秀的貴族，是我以前一直以來依賴的對象，我承認，也認可，他們願意回來，我求之不得，不過考驗是另外一回事，請大神父先繼續。如果有疑慮，血測會證實燦亞．歐塔克有沒有資格參與考驗。」

「稟告陛下，我有異議。」

此話出自於二皇子，亞因。希爾魯看到是自己的兒子，笑容明顯收起來，但還是勉強讓他說。亞因反對：「我沒有接收到有第七位的消息，若不是走正規的走道上報，我無法接受，再說若是大神父提前得知，為什麼不說？」

大神父早就想到會有人這麼問。

「在考驗正式開始以前，Sun都有權利決定自己要不要參加，在最後一刻決定都行。若是有人想要退出我也不會攔。我站在這裡的職責是為了向大眾傳達天神之意，這是天神的選擇，宣誓儀式的日子也是天神的選擇。站在這裡的人都將是能夠代領人類、保衛帝國的優秀人才，多一位算一位，事實上，沒有所謂的正規上報，過去你們在舞會上唱名Sun之名的人並不是我，又怎麼算正規？擁有Sun印記的人當然都可以列入宣誓儀式進行血測，只是，冒充印記的人會被血測排斥，進入體內的王之血將會燃燒，直至心臟停止跳動。」

以上說詞傳達了幾個要點。

第一，如同希爾魯所說，血測會證實。

第二，有決心站上來，就要接受血測的結果。

第三，不論亞因同不同意，擁有Sun印記的燦亞都能進行血測，而大神父要不要說都是天神在決定的，一個二皇子管得著嗎？

亞因不可能沒聽出大神父的意思，可他仍舊抱持著反對的意見。

「但是不管怎麼說，歐塔克現在就是平民的身分，不論過去歐塔克的貢獻多大，那都是過去了，一介平民竟敢妄想——」

傑夫笑咪咪地掩住弟弟的嘴，適時地幫忙管理形象。他笑說：「沒事沒事，用多數決來決定吧。這麼說好了，如果真的、真的，這名小可愛贏得勝利了，大家能夠信服平民陛下嗎？我們國家不會被精靈或人魚小看嗎？」

提及精靈和人魚時，賈昆與梅嗣都不以為意，完全不屑介入人類的紛爭，或許傑夫是看準了這點才這麼說，目的就是帶起眾人的不安與輿論，根深蒂固的觀念並非這麼容易就能消除。

「大神父怎麼想？既然天神從來沒有否定，那想必也是有這個階級的必要吧？就由我們幾位Sun來代表投票，可以嗎？」傑夫向燦亞眨眼，像是希望燦亞別怪他似的，他只是以一個大皇子的身分說話：「我和亞因都不接受，不接受兩票。」

梅維亞閉上雙眼，說：「沒有意見。」

霍佐看向燦亞，「有能力的人自然擔得起相對的責任，假如我真的輸了他，那也沒什麼不好接受的。」

從頭到尾都瞪著燦亞的考伯頓等燦亞給他一個解釋，然而瞪歸瞪，他還是勉強站在燦亞那邊，「他的話，我接受。」

「兩票接受，兩票不接受，一票沒有意見，那只剩下——」傑夫仔細地瞧向四周，這才發現某個淡色的人影，「夏特！你還是那麼沒有存在感啊？面罩該拿下來了，剩你一個人的意見。」

夏特的目光猛地直向燦亞。

等著結果的燦亞一眨眼，夏特的面罩便拿下來，在那臉上，燦亞看到熟悉的雀斑，於是也瞪大雙眼。

「唔啊，維持其他樣子習慣了，差點變不回來。」夏特晃晃臉，雀斑漸漸消失，取代而之的是一張乾淨帥氣的臉，「嗯，燦亞的話我當然接受。話說，陛下認可了歐塔克，歐塔克就恢復貴族的身分了吧？我親愛的哥哥們是想靠輿論踢走多出來的競爭對手嗎？」

是長大的夏普。

不，不如說，夏普是夏特一直以來的偽裝。

燦亞愣了又愣，首先沉聲制止旁邊即將發作的瘋狗。

『不能對夏普拔劍，齊維，也不能低吼威嚇！』

齊維接收到燦亞的命令，稍微收斂了一點，眼睛卻死盯著夏特，彷彿同性相斥，兩人誰也不讓誰。一看向齊維，夏特完全沒有客氣，回瞪回去，一副「看什麼看小心戳瞎你」的模樣，齜牙咧嘴著，要不是這種場合，肯定吠出許多難聽的話。

燦亞有許多問題想要問夏特，不如說，想確認這人到底是不是夏普，但顯然不是時候。

另外一旁，傑夫正訝異著平時說什麼都沒反應的夏特竟然露出這麼生動的表情，灰色的眼珠子在燦亞與夏特之間骨碌碌地轉，他露出笑容，為夏特剛才的發言緩頰，上前搭住夏特的肩膀說：「哈哈，怎麼把話講那麼難聽？我們只是講求規矩。」

傑夫也想要向燦亞釋出善意，可看到齊維警告的眼神，想要搭過去的手瞬間收回來，只維持著笑容向著燦亞，態度倒也不像高高在上的大皇子。

「抱歉啊，這方面我親愛的弟弟比較偏激、比較傳統，我們作為皇室的一員，希望能做好大原則，更希望能夠成為大家的榜樣。不過，我也是包含私心，作為哥哥的當然站在弟弟這邊，希望您能見諒。」

傑夫在給雙方台階下，一來是幫無禮的弟弟找藉口，二來是在說他都以大皇子的身分這麼說了，沒必要把場面弄得難看，給他點面子吧。燦亞本來就不打算爭到底，只是看對方理所當然地認為自己握有主權，忍不住回上幾句。

「身為平民卻覺醒為Sun，一開始我確實說不出口，但現在不這麼認為了。」燦亞抬手抓住身後齊維胸前的衣服，將人拽來，看著齊維說：「無論我的身分為何，有那麼一個人都選擇忠誠於我，我自然不能辜負他。」

傑夫眼睛一亮，喔了一聲。

「更何況神既然選擇了我，那麼一定也有祂的道理。」燦亞的目光鎖定在亞因身上，像是在講給他聽：「您如果堅持質疑我，那麼就是質疑我的騎士，質疑大神父，質疑天神，殿下。」

傑夫瞬間擋下想過去輸贏的暴躁亞因，投降笑道：「唉呀呀呀，我認輸，我認輸，別這樣子說。話又說回來，齊維爵士，這就是你拒絕我們所有人的原因？」

在場的每一位Sun，除了燦亞，的確都邀請過齊維加入他們的陣營，想當然只收到齊維的冷漠拒絕。如今齊維跟著燦亞出現，著實引起不小的騷動，觀眾席的貴族討論著歐塔克之外也針對齊維的選擇議論紛紛，看台上的民眾也是，不只如此，燦亞的長相也被大家討論著。

當燦亞掀去長袍的時候，齊維就注意到那頭銀髮不再故意弄得灰暗，原本遮擋著金色雙眼的瀏海也削短了，在燦爛的陽光底下，銀髮金眸的燦亞宛如被光籠罩，他看起來更閃閃發亮，走上台時是那樣沉穩而霸氣，一個人的氣質是天生的，不再匿藏的燦亞只是站在那裡就吸引了無數的目光，齊維看著那樣的燦亞，只差沒撲上去舔。

在這種重要的場合，齊維適時地收斂心聲與自己的舉止。

現在聽到燦亞「不能辜負他」的告白，實在是情不自禁。齊維盯著燦亞，眼裡只有滿滿的迷戀，他臉頰發紅，微彎著腰對燦亞笑，「是的，燦亞大人是我的Sun，我只忠誠於他……呵哈、呵……」

齊維身為帝國菁英騎士團團長的兒子出席過不少重大的場合，也參加過無數個比賽，他的優秀與冷漠大家有目共睹，這是其他人第一次看到齊維笑成這樣。不，正確來說，是第一次看到齊維的笑容。

他笑得像個變態。帥氣的變態。瘋狂迷戀著某人的癡情變態。活像個終於追到心上人的跟蹤狂。

剎那，一片靜默。

俗話說得好，人沒有完美的。

傑夫投降：「好吧，可以了。是我太輕率，我的錯，沒判斷清楚就幫亞因說話。唉，只能說我就是心太軟……大家能懂吧？」

他不知道在向誰詢問。講著講著，突然摀著胸、撥弄自己灰色的中長髮，裝作自己是愛護弟弟而做了傻事的笨哥哥，憂愁的樣子演得維妙維肖，而回應他的正是觀眾席以及看台上的大皇子粉絲。他們附和傑夫、幫傑夫說話，其基數龐大，彷彿是想展現自己不輸齊維的影響度，傑夫在接受眾人的尖叫時又向燦亞眨眼睛，燦亞不解，只想起大皇子與許多男女關係凌亂的這則情報，然後做出怪人加一的結論。

「噓。謝謝各位甜心在這種場合下鼓起勇氣幫我說話。」傑夫向大眾華麗地鞠躬道謝，順勢摟過亞因，將人推到前方，說：「來，亞因也來道歉。」

「別開玩笑了。」亞因絲毫不領情，甚至指責胳膊向外伸的家人，「夏特，你這啞巴竟敢站在外人那邊？」

夏特哼聲，說：「你的個性還真是一點也沒變。完全看不出來有當王的氣度。」

「你說什麼？我本來就有提出質疑的權利——」

「亞因。」傑夫不厭其煩地拉住亞因，在他的耳邊低聲提醒：「你看看父王，對你越來越不耐煩了喔。」

亞因立刻僵住，眼神飄向希爾魯。偉大的陛下並沒有打算參與他們的這場鬧劇，他就只是冷眼看著，沒有站在任何一方，也沒有上前阻止。高傲的王在看，看克利夫斯還要多丟臉，要吵多久。亞因的身體像是凍結似的，不再火爆地展現身上的刺，頭低下來，咬牙切齒地道：「如果陛下有意讓歐塔克重返貴族的身分，那麼就是我失禮了，我沒有聽出讓歐塔克回歸的意思。另外，針對我提出的疑問，非常感謝大神父的說明，胡亂打斷儀式深感抱歉，再麻煩大神父繼續。」

他會把這恥辱算在燦亞頭上。

燦亞用膝蓋想也知道。他看了看亞因，又看了看考伯頓，忽然明白自己在亞因身上感覺到的熟悉感是怎麼回事，只不過前者是暴怒，後者是暴嬌，燦亞揍過後再加上海爾的攻略，考伯頓嬌的部分又多加了點，相比起來，考伯頓真的可愛多了。

考伯頓突然小小聲地打了個噴嚏，海爾立即遞上手帕。

大神父也不是省油的燈。眼看狀況終於平息，他故意再問：「還有人對人選有意見嗎？」

亞因不再提出異議，但其實大神父也沒有要聽其他意見的意思，馬上又道：「如果還有，就請見證接下來的血測。請陛下獻血。」

兩名身穿白袍的神職人員從台下走了上來。

一名端著七個玻璃高腳杯，外型帶有菱角，尺寸特別小，大概只能容納一口的量，或者更少。另一名端著匕首，劍柄與劍鞘是華麗的金色，上面的紋路屬於皇室專用。他們來到大神父的身側，由大神父將匕首獻給陛下，高腳杯則交給精靈與人魚做檢查，看是否有被動過手腳。

確認完畢後，陛下需將自己的血液裝入高腳杯，分給七名Sun。希爾魯拿到匕首的第一件事是把東西交給萊洛，周邊的騎士欲阻止，希爾魯卻讓他們退下，並命令面有難色的萊洛接下。

「來吧。」希爾魯伸出手掌，說：「在這裡劃下一刀，萊洛。」

萊洛緊皺眉頭，內心閃過許多想法，他猜不透希爾魯的用意，更無法接受聽到命令會有反射性動作的自己，有非常多的視線盯著他，萊洛有自信贏過在場的每一位，可是那有什麼用，現在動手了，誰都無法知道那晚到底發生了什麼事。

……他甚至想起希爾魯特別怕痛。

因而下手的那一瞬間，萊洛放輕力道，並且自然而然地拿起高腳杯接下從指尖滴落的鮮血，做完後還立刻提醒說：「陛下，要止血。」

希爾魯望著萊洛，忽然勾起嘴角，向萊洛要：「手帕。」

萊洛差點交出自己隨身攜帶的手帕，他回頭看，後退一步，讓準備好乾淨手帕的神職人員端上。希爾魯沒動，非得要萊洛親自幫他綁上手帕。此舉不曉得是想侮辱萊洛，還是想警告萊洛，事隔多年，萊洛依然只能擔任服侍他的下等角色，騎士因子刻印在體內，是沒辦法違抗他的。

其他人或許在想陛下正在寵幸失而復得的騎士，燦亞看在眼裡卻不是那麼一回事。假如眼神能夠殺人，燦亞已經殺了陛下好幾次。侮辱他父親，就是侮辱他，侮辱整個歐塔克，可他也知道這種場合不得輕舉妄動，萊洛都能忍了，他怎麼能衝動。

更何況他也看出萊洛複雜的心情。

神職人員將高腳杯一一遞給每位Sun，燦亞盯著杯中的血液，再看一眼希爾魯以及父親，於大神父的宣示之下，跟著其他人一飲而盡。

「天神賦予我們力量，唯有Sun之血能夠承受、覺醒獨一無二的神賦。」

除了從喉嚨裡湧上的血腥味令人作嘔之外，喝下去後沒什麼特別的感覺，過了幾秒才覺得身體開始發熱，熟悉的詭異亢奮感湧上來，恍惚間，聽見未知的嗓音，白光在眼前掠過，燦亞看見兩名嬰兒，一個是他自己，另一個面容看不清楚，有人將他抱起來，為他許下祝福，接著那人突然鬆開他，墜落感使燦亞猛地回神。

『燦亞大人？』

燦亞晃著腦袋，忽然模糊的視線讓他眨了好幾次眼，『發生什麼事？』

『您與其他候選人都恍神了將近三十秒。我想，應該是大家都通過了血測，其餘無異常。』

正如齊維的猜測，沒有人受到血測排斥，皆完好如初地站在原地。見狀，大神父朗聲宣布：「七名Sun、七名候選人，皆通過血測。」

歡呼聲慢慢地從四處湧起，各自的擁護者大力拍手，除去大皇子粉絲團的胡鬧，嚴肅的儀式終於另外添加了一絲人情味，畢竟這也不是專屬於貴族的場合。燦亞雖然沒有假造身分，但通過血測後也是忍不住鬆口氣，與此同時，身體又緊繃起來。

有人在盯著他看。

是精靈的代表，賈昆。

燦亞與他四目相對，賈昆先一步移開目光，隱藏在陰影底下的表情淡淡的，燦亞只是多看了幾眼，就收到賈昆的中指問候。燦亞一頓，假裝沒看到轉移視線，並沒有特別在意。

……還真是不論種族的通用禮儀。

此時希爾魯反手握著匕首舉起，以不大不小的音量道：「宣誓。」

聲音漸緩，於頃刻無聲，七位Sun的動作整齊劃一，他們往前跨一步，五指放於胸前，閉上雙眼，彎下腰宣誓。

「以Sun之名，向天神宣誓、向全國人民起誓，遵守每項考驗的規則，以公平公正的態度參加考驗，尊重考驗中的勝利者。若有違反，自願退出。」

「於此立誓，希爾魯．克利夫斯，代為天神作證，至新王誕生。」

希爾魯同樣舉起短鞘，在眾人的注目下，匕首緩緩地插回鞘中，當劍身完全收入之刻，宣誓即完成。Sun重新挺直背脊，立正站好，等待下一個程序。

大神父拿起神職人員端著的卷軸，打開來接著說道：「在此公布第一項考驗——馴服神獸。期限為十四天，在這十四天內需將神獸帶進皇宮，由陛下與我親自確認，強制抓捕不算在內，請各位Sun靠自己的能力找到神獸並讓神獸自願踏入皇宮，失敗即淘汰，淘汰人數不限，若全員成功，即全員進入下一項考驗。以上，有任何異議嗎？」

神獸，並非容易發現的存在，更別說是讓神獸自願跟著走。這無疑是個難題，畢竟是王的考驗，大家皆早已做好心理準備。在沒有人提出異議之下，大神父宣布：「那麼，考驗，正式開始。」

鐘樓再次響起，儀式結束，非官方的賭局也正式開始，從古至今神殿與皇宮都沒有插手管理，加上也有許多貴族匿名參與，討論高也代表容易形成輿論，某方面來說算是沒有壞處，他們便默許人民的娛樂。看台上的民眾與外面的人亂成一片，已經有人開始下注哪個Sun會贏得勝利。除此之外，宮殿舉行了開場舞會，提供華麗的社交場地，Sun之間的聯盟可能從那誕生，同時也是為了招待前來的精靈與人魚，舞會相當盛大，想必今夜會十分漫長且熱鬧。

為此，希爾魯準備退場，台上的騎士踏步護送，走到退到後方的萊洛身側時停下，兩人的身高相當，肩貼肩，希爾魯以只有兩人能夠聽見的音量說：「給你時間和你兒子道別，萊洛。你兒子的命、在場所有人的命都掌握在我的手裡。別忘了，你自投羅網。」

「……」

「我暫時不會殺了你。反正希爾魯會阻止我。」

萊洛猛地瞪向希爾魯，希爾魯只是微笑，說：「我也是希爾魯，就當我們還要談談關於歐塔克的貢獻與獎勵，放寬心跟我回皇宮，我過去最忠誠的騎士。」

語畢，希爾魯大步離去。陛下退場後，大家也逐一退場，有的跟著陛下從原路返回通道，有的下台與觀眾席的家族成員會合。六名Sun觀察著彼此的動向，騎士之間也在互相探究，就是沒看到話題中心燦亞與齊維。一分鐘前，燦亞收到萊洛的指示，隱匿身影再於競技場的內部通道會合，深處的空地無人，唯有牆上的油燈顯現著存在感。

燦亞一看到萊洛的身影就過去拍希爾魯摸過的地方，像撥髒東西似的，「陛下跟您說什麼？威脅您了嗎？」

「嗯。」萊洛敞開雙手任由著燦亞的行為，他坦率承認：「他拿你的性命威脅我讓我跟他回皇宮，不過不用擔心，我故意的。有些答案，我必須在皇宮裡找。」

「父親。」燦亞深吸口氣，千言萬語濃縮成一句：「您有計畫為什麼不早點說？」

「和齊維說過。隔了那麼久，我必須先看他對我的態度再決定計畫的走向。」萊洛拍拍燦亞的腦袋，知道他在擔心，再次強調：「去完成你的考驗，燦亞。我不會有事，接下來我已經交代給齊維和蘭斯研，也會定期和你聯繫，還有，我一直忘記說，要去舞會。」

「……」

「如果我沒說你是不是就決定不去？我說過，要拉攏更多人，你需要更多值得信任的對象。」萊洛對於這點很堅持，「回答呢？」

「是。」燦亞無奈地妥協，「我會精心打扮，亮相登場。」

「很好，這部分交給蘭斯研，他提早回去準備了。」萊洛看向齊維，認真地道：「燦亞就交給你，我們談過的。」

「是的，岳父大人。」

燦亞眨眼，問：『你們談了什麼？』

『我會慢慢告訴您的，燦亞大人。因為時間的關係，岳父大人在訓練我的過程中跟我說了不少事，要我再轉達給您。』

『……好。』

話傳達得差不多後，萊洛給燦亞一個擁抱便離開了。為了避免惹事，燦亞和齊維也打算趕快離開此處。

『燦亞大人，先回家嗎？外面應該很多人在找您。』

燦亞想了想，試探性地問：『我和你討論夏普，不，夏特，你會爆炸嗎？』

『會。』齊維瞇起眼笑回，『三皇子無疑就夏普，他靠近您絕對另有目的。』

『那就先不談。我還有其他事要跟你確認，首先，你和你家人——』

「燦亞！」

「燦亞・歐塔克！」

話被打斷了。

正在尋找通道出口的燦亞突然被叫住，一看是夏特和考伯頓，齊維站在燦亞的身後，看起來很火，還流氓似的砸嘴，巴不得抱著燦亞就跑，可惜燦亞停下來，特地警告他先聽聽他們要幹嘛。幾人於岔路口相見，夏特與考伯頓看見彼此時還愣了一下。

夏特先是爆炸：「你找燦亞有什麼事？又要找碴了嗎？」

「你——」考伯頓看著那張臉，把難聽的話嚥回去，疑惑地問：「你哪位？」

海爾小聲提醒：「考伯頓大人，這位是夏特・克利夫斯殿下，三皇子。」

「三、三三三皇子？」考伯頓第一時間並不是向皇子問候，而是指責燦亞：「你這個騙子！不跟我說你是 Sun 就算了，還偷偷拉攏了皇室！虧我、虧我還拉下臉皮邀請你！」

燦亞淡淡地回：「我不是拒絕你了？」

「我什麼都跟你說了，你竟然這樣背叛我！」

「我們說了什麼？」

「我們、我們——」

燦亞幫他說完：「我們沒有好到那種地步。」

「沒錯！」夏特插著腰附和，幫燦亞指責回去：「明明之前還在欺負燦亞，別那麼不要臉！」

考伯頓終於找到空檔，硬是罵回去：「殿下又知道什麼了！」

「我是夏普啦！你這個混蛋！」

「你這傢伙竟然是——」考伯頓講到一半停住，回頭小聲地問海爾：「夏普又是誰？」

「燦亞大人的朋友，臉上有雀斑的平民。」

「啊？平民是三皇子？三皇子是平民……？」

沒人理會陷入困惑的考伯頓，夏特喊完後戰戰兢兢地看向燦亞，他捏著指尖說：「燦亞……我真的是夏普。對不起，我隱瞞了自己的身分……但我絕對是站在你這邊！絕對！」

原本的夏普比燦亞矮，也比燦亞嬌小。

現在燦亞要抬頭看夏特。

他並沒有馬上相信夏特，對夏特也沒有特別警惕，態度很平常，某方面也算是冷淡。

「總之，你先變回去。」燦亞認真地說：「變回去。」

知道燦亞在想什麼的齊維忍不住抖著肩膀笑，然後被燦亞狠狠地踩了一腳。

夏特很聽燦亞的話，他眨了眨眼，琥珀色的瞳孔微微發亮，轉瞬間他的身形就變小了，臉上也多了淡色的雀斑，是燦亞熟悉的模樣。

「這是你的神賦？」

「嗯，我可以偽裝成不同人，聲音、外貌、外型都可以變。」夏特想要像往常一樣勾住燦亞的胳膊撒嬌，可他靠過去幾次，齊維就帶著燦亞閃幾次，一高一矮互相較勁，矮的那方深知自己贏不了，只好用嘴巴說：「我……我什麼都告訴你，燦亞。可不可以不要和我絕交？」

『燦亞大人，不能心軟，還不知道這人是不是陛下的眼線。』

夏特很敏銳，衝著齊維嗆：「幹嘛?用心聲講我壞話是不是?不要以為你長成這樣就可以拐走燦亞，我原本的模樣也是燦亞會喜歡的類型！而且我還會繼續長高！」

「是這樣嗎，燦亞大人？」齊維不甘示弱地爭寵，「您不是只愛著我的臉嗎?我難道會輸給他？」

燦亞看了眼四周，轉移話題問：「……考伯頓呢？」

「剛剛一直想插話卻插不進來，生氣地走了。」

燦亞嘆口氣。不是很想加入他們的紛爭，直對夏特說：「我給你五分鐘的時間解釋，不想解釋也沒關係，反正我對你也有隱瞞，我們互不相欠。」

「你不用跟我解釋！我跟你解釋就好……我會找你，真的跟父王無關。一切都出自於我的意願，你是Sun和齊維是你的騎士也是我自己推測的。」

齊維哼聲，「聽起來沒什麼說服力。」

「我小時候不是這樣的！」夏特急得臉都紅了，他委屈地望著燦亞，「不是這樣……能夠盡情地表達。從小父王就不太關心我們，母親也……傑夫哥哥的神賦大家應該都知道，他能任意操控火焰，亞因則是能夠做出傀儡，和人一模一樣的傀儡，一般人看不出差異，但現在……母親與希爾妮姑母，是由亞因操控的傀儡。」

「你的意思是——」

「她們都不在了。」

難怪希爾妮臥病在床的假消息能持續維持，燦亞想。不過希爾妮的狀態是預料之中，沒想到連王后也不在人世，這時燦亞忽然想到一件事，這麼說的話，他和夏特是表兄弟關係。

奇怪的大皇子和難搞的二皇子也是他的表哥。

……燦亞頭好痛。

「你繼續說，夏普。」

「啊、就是，有記憶以來，母親就已經是傀儡了。」夏特略為彆扭地說著自己的事，同時也很高興燦亞願意聽，「小時候只有傑夫哥哥的老師會關照我，當時的我有點異常，不會哭不會鬧不會笑不會表達情緒，也缺少同理心，大家日常感受到的情緒我也都感受不到，雖然報考平民學院是父王的意思，可能是知道我這個樣子不適合貴族學院，然後就在舞會上看見你……因為神賦的關係，我能夠過目不忘，凡是我見過的人，我都記得，也能裝扮成那個人的模樣。」

夏特指著自己的腦袋，聳著肩承認過錯：「那時，就是這邊有點問題，才直接在大家面前問你怎麼會來平民學院，明明是歐塔克，明明是貴族……後來看到你被大家排擠、欺負，我才漸漸意識到自己做錯了，和你相處的過程中，也慢慢找回我的感情，燦亞。」

說法倒是挺吻合的。

確實是在那之後，夏特的態度有了大轉變。

「我不想成為你的競爭對手，我只是想幫你，甚至連專屬騎士也解除了。」夏特伸出去的手終於碰到了燦亞的胳膊，只求燦亞不要甩開他，「我就只是，不想失去我的第一個朋友……我一直有在觀察父王的動向，那天，我知道那天做的事很多餘，但我不想要再隱瞞你了。我不能在知道父王派人去暗殺你的父親後，什麼都不做，什麼都不說，除了跟你說之外，我也想再次確認自己的決心——我是否即使背叛父王，也想要幫你？」

燦亞有點動搖了。

夏普，不，夏特何嘗不是他的第一個朋友。

「這幾天，我是去拉攏可以幫助我的幫手，只要你一句話，我的人都會站在你這邊。」夏特搔著臉，有些害羞地說：「我會選今天出現，也是想在你面前耍帥，你說過的嘛，你喜歡又高又帥的……總之，我知道口說無憑，因此我會用時間去證明。」

「夏——」

燦亞的嘴被齊維摀住了。齊維忍著沒發作，客觀來看，在皇宮裡有屬於燦亞的眼線是件好事。比誰都還要愛著燦亞的齊維對於別人對燦亞的喜歡很敏感，這就是為什麼一開始他就對夏特充滿敵意，狗的直覺……不是，男人的直覺不會錯。即便如此，大局為重，齊維沒有再反對，只是對夏特表明：「燦亞大人的狗只能是我。」

「哈？你幹嘛搶我的位置？你就已經占據那獨一無二的騎士位置了！」

「燦亞大人不需要第二隻狗。」

「給我當人啊你！」

「我是燦亞大人的狗也是燦亞大人的丈夫。」

「少騙人了！能結婚的話我早就跟燦亞求婚了！」

「你——哈。」

「哈是什麼意思？什麼意思？你想打架是不是！啊？」

在過去，表親之間是可以結婚的，不過隨著人口越來越龐大，貴族人數也有所增加，再也不用只靠表親婚來延續其高貴的血統，後來表親婚就變得少見，再加上克利夫斯帝國容許貴族與平民的婚姻，為了推廣帝國的包容性與假惺惺的平等，神殿並不推崇表親婚，甚至於禁止，或許再發展下去，同性婚姻指日可待。

貴族和平民都可以結婚了，沒道理貴族和騎士不行吧。

一般來說，擁有堅毅騎士精神的騎士都不太會踰矩，但區區騎士精神的框架根本框不住齊維的暴走，反正知道夏特沒辦法跟燦亞結婚，齊維就很沒良心地呵哈笑。

要也是可以私奔啦。

但齊維會不管不顧地追到天涯海角——

『停止你的內心小劇場，齊維。』燦亞擋在一大一小的中間，提醒齊維：『還不能讓夏特知道我和他的關係。』

『嗯嗯。』

『雖然我本來就不會接受夏特，再說了他一直強調我是朋友，我也把他當作是朋友……但你完全是幸災樂禍的心態。』

『呵呵。』

以夏特的角度來看，齊維的眼神就是突然帶有憐憫，然後現在還對他燦笑，夏特不爆炸都難，他就像憤怒值爆表的小型犬，想要衝上去和齊維拚個你死我活，但燦亞正看著，夏特的嘴臉又立刻恢復正常，眨著大眼睛賣萌。

「夏特。」

「嗯嗯，我在。」

「齊維有點怪，你要體諒。」

「……好，我盡量。」

「你說的我都聽進去了。」燦亞說，「說實話，我想相信你，相信在學校裡一直陪著我的你，但我也有自己的難處，我還不能跟你說，很明顯，這對你非常不公平，就算這樣，你也願意被我利用嗎？」

夏特毫不猶豫地點頭：「嗯！」

「我需要知道大家都覺醒了什麼神賦。」

「沒問題，我查到後再跟你報告。」

「還有，我的父親被陛下抓走了，幫我注意一下，有任何事都要跟我說。」

夏特想了幾秒，「父王的用意應該不是殺死萊洛大人，仔細想想，若是想要殺害他，父王有千百個理由可以實施他身為皇帝的權力對萊洛大人施壓，而不是純粹派殺手，雖然我不太清楚歐塔克的真正實力……但這個我也會再調查。」

「你真的確定好了嗎？你要背叛……你的父親？」

「你不相信我？」

「……無法確信。」

「那麼就讓時間證明吧。」夏特笑說，「父王的神賦是網，類似於蜘蛛網，越久沒有使用能力，網就能累積得越大，包含的範圍也就更大。在他的範圍裡，沒人能躲得過，只要他想，勾動指頭便能透過透明的絲劃破目標的脖子。」

原來如此。

那麼希爾魯就是以此威脅萊洛。

真希望這絲在緊要關頭的時候能突然斷掉，燦亞默默地想。

『齊維，父親不可能不知道陛下的神賦，他為什麼沒有提前跟我們說？』

『他說了。』

『跟你說？』

『我本來要說了，就這個時機，夏什麼的傢伙卻搶我的話。不過我想，岳父大人先跟你說了，您不會完全同意岳父大人的計畫。』

『不至於。』

『您最終會同意，但過程中您的動搖與擔心，會影響岳父大人的決心。岳父大人現在是主動深入敵營。』

『……你看得很透徹，判斷得好。』

『請相信您的父親。』

『當然。』

燦亞一秒也沒有猶豫地說道。

另外一邊，競技場內部通道的更深處。

萊洛沒花多少時間便找到在等他的希爾魯。此處不只希爾魯一個人，菁英騎士團護著陛下，他們持劍慢慢逼近萊洛，但讓萊洛主動投降的是希爾魯的小拇指。

「差一點就要動這根指頭了，萊洛。」

「把你的絲從我兒子的身上移開。」

「行。前提是……」

希爾魯扯了扯嘴角，動著手指將絲移到萊洛的身上，操控著萊洛的動作，迫使萊洛在他的面前跪下。希爾魯滿意地以俯視的角度望著萊洛，接著向身旁的騎士命令。

「逮捕他，壓進北宮地牢。」

——《騎士大人，請收斂你的心聲 01》〈完〉

Mr. Knight, Please Restrain Your Heart's Whispers

SideStory

✦

被封印的騎士日誌

騎士日誌 齊維

在狩獵祭與燦亞大人相認以前，我還是照舊寫著騎士日誌抒發我的心情，不然我可能忍不了。

今天的燦亞大人真好看，好看到想把燦亞大人關起來只讓我一個人欣賞。

還是好嫉妒能夠站在燦亞大人身旁的人，他到底憑什麼？

好嫉妒好嫉妒好嫉妒好嫉妒好嫉妒好嫉妒好嫉妒好嫉妒好嫉妒好嫉妒好想殺了他殺了他殺了他殺了他殺了他殺了他殺了他殺了他。

但是不行。

不能做燦亞大人會討厭的事情。

嗯，今天又和平地度過一天了，我很棒，燦亞大人應該要誇誇我。

騎士日誌 齊維

這幾天天氣比較炎熱，燦亞大人又時常穿著白色的上衣，哈啊……太色了。

汗水，好想舔。

好想舔遍燦亞大人。

有點透出來的肌膚，好想佔有。

那些多看一眼的人們，我全都記住了。

遠遠看見汗水從燦亞大人好看的側臉線條滑落，覺得好可惜，真的是太可惜了，好想收集起來，好想隨心所欲地聞燦亞大人的氣味，好想要偷走沾上燦亞大人味道的衣服……

但是不行。

要是讓燦亞大人起疑，就功虧一簣了，不能讓燦亞大人逃得更遠。

還是我偷一件就好？

騎士日誌 齊維

今天依然是看到燦亞大人就勃起的一天。

好。喜。歡。燦。亞。大。人。

還好燦亞大人還沒成年。

不然我哪天就把燦亞大人拖入小巷了。

但小小的，也很可愛……可愛……好想幫燦亞大人含，直接深喉的話，燦亞大人絕對受不了。啊啊，燦亞大人，被我強壓在身上的燦亞大人、滿臉通紅在我底下抗拒但又沉溺著歡愉的燦亞大人——

騎士日誌 齊維

我發誓我總有一天要殺死考伯頓．庫克。

我尊貴的主人為何要遭受到這種待遇？我好想上前保護他，好想除掉那些侮辱燦亞大人的混蛋，好想再聽見燦亞大人在有疑問、有難時呼喚我的名字。

可是他一次都沒有。

所以我沒有出面，沒有好好守護好我的主人……

沒能守護好燦亞大人，那我的人生又有什麼意義？

他永遠是我的指標，永遠是我的一切，永遠是我邁前的動力。

燦亞大人被打倒了，然後一次一次地站起來，面對他們的逼近也沒露出任何膽怯，他就只是站起來，沒有回手，沒有閃避，沒有屈服，就只是神色平淡地屹立在那。

他始終屹立著。

……真不可思議，我看著那樣的燦亞大人，平息了無謂的憤怒，轉而持續鍛鍊我自己。

但我總有一天還是要砍掉考伯頓．庫克的一條胳膊。

騎士日誌 齊維

燦亞大人今天笑了。

他扛著傷，笑著對其他平民說，他沒事。

下一次考伯頓再來，不用怕，那種人，沒什麼好怕的。

真好。

真好真好真好真好真好真好可以得到燦亞大人的鼓舞安慰與笑容，好狡猾好狡猾為什麼他們可以得到而我什麼都沒有——

因為我還不夠強大。

說實話，我確實迷茫過。

倘若燦亞大人最終真的要解除與我的關係，我該死纏爛打，還是放棄聽令？我當然傾向於前者，可多年來的不安使我動搖，燦亞大人想要拋棄我、燦亞大人不需要我……燦亞大人沒有我也依然屹立不搖。

他根本不需要我。

那麼。

那麼就。

先發瘋吧。

您不要我，沒關係。

我要您、我需要您。我想要看著您對我笑、想要您時時刻刻關注我、想要您呼喚我的名字、想要你的眼裡也有我、想要……我愛您，您也愛我。

奢侈的願望。

長年累積起來的渴望與執著已經逼瘋了我，這無關於騎士的榮耀，只是我抑制不住的慾望罷了。

燦亞大人好可憐，被我這種人看上。

可是我既然已經嚐過您呼喚我的滋味，我又怎麼能輕易放棄。

您是那麼那麼的好。

騎士日誌 齊維

今天因為天氣太熱，燦亞大人在獨處時把頭髮綁了起來。

小馬尾、呼呵……小馬尾……帶著薄汗的纖細後頸……好色、好喜歡。

其實我也有想過，如果我的Sun不是燦亞大人，我還會如此嗎？我知道自己在面對燦亞大人的時候像個變態，但如果不是燦亞大人，我可能就只會是一名墨守成規的騎士。

按部就班地訓練、值勤，然後接下父親的位置度過一生。

沒什麼不好，但也不算是最好。

少了那份執著，我或許就不會擁有這番成就。

我想好好地正視自己的心意，將我渴望的、依賴的……找回來。

找不回來，就強硬地搶回來，再關起來。

呵呵。

我真的會那麼做。

騎士日誌 齊維

就是今天！狩獵祭！

實在是睡不著，就提早起來寫日誌了。

燦亞大人最近為了狩獵祭常幹粗活，每次看他搬重物都覺得他快被壓垮，好想衝上去幫忙。

長期曝曬在刺眼的陽光底下，燦亞大人的肌膚稍微曬紅了，好心疼，但臉紅撲撲的也很可愛……

還有為了擦拭汗水抬起手臂，因而從袖口窺見的腋窩……

嗯嗯嗯。

謝謝招待。

但燦亞大人的體力比我想像中得好。

其他平民在休息時間都累得癱倒時，只有燦亞大人一個人挺直背脊地在樹下待著，他也沒靠著樹，就只是默默站著，與其他人彷彿是兩個世界，風吹著他的髮絲，一切都是那麼寧靜美好，卻被礙眼的傢伙打攪了。

又是他。

總纏著燦亞、自稱為燦亞朋友的傢伙。

從今以後，我不會再讓給他了。

騎士日誌 齊維

忌妒又使我發癲。

一不小心狩獵過多的獵物，導致狩獵祭提前結束。

不過，已經沒關係了❤

❤❤❤❤❤

呵呵❤

終於和燦亞大人說上話了，終於❤

燦亞大人燦亞大人燦亞大人燦亞大人可愛的燦亞大人——被我嚇到的燦亞大人好可愛❤雖然想逃但還是乖乖遵守禮儀親吻我的燦亞大人❤嗯呵呵呵，額頭傳來的觸感好軟，燦亞大人臉紅的

樣子❤抱著獎盃躲在我懷裡的燦亞大人好可愛好可愛❤

哈，感謝愚蠢的考伯頓。

多虧他，燦亞大人才會假裝接受我，我也順應著燦亞大人的戲把他帶回家。

嘿嘿❤

我太興奮了，完全沒控制好我自己，能夠碰觸到朝思暮想的燦亞大人真的使我激動不已。很明顯，我表現得那麼不正常，燦亞大人卻一直在為我著想，他好溫柔，依然讓人心生嚮往，但同時，我也知道他一直在推開我。

……他是真的不要我了。

說什麼希望我能走得更遠，不就是代表他只是想在遙遠的地方看著我嗎？

就像陌生人一樣。

我不屬於您也沒關係嗎？

對您來說，我們之間，就只是這樣。

燦亞大人就適合高高在上的樣子，那種天生的高貴之氣是藏不住的。

明明是您先讓我產生期待的，不是嗎？期望我會帶著榮耀為您加冕……現在您卻什麼都不要。我知道的，我就算變成帝國最強的騎士，燦亞大人不要我就是不要，甚至會給他添麻煩。

但我不會就這樣放棄。

棄犬為了抓住主人，不擇手段也是理所當然的吧？

反正我擅長等待，只不過是區區一個月。

嗯。

其實我完全能控制住自己的心聲。

呵。

我迫不急待要看到燦亞大人的太陽記號了。

騎士日誌 齊維

一個月好漫長。

長達一個月沒有攝取燦亞大人，我要死了。

我已經嚐過與燦亞大人互動的美好，無法再繼續等了，但要乖乖等才能看到燦亞大人的太陽記號……什麼？是什麼聲音在告訴我直接帶走燦亞大人，監禁他就能如願？

啊。

是快忍受不了的自己。

嗯哈哈、嗯哈呵，再忍幾天、再忍幾天……

騎士日誌 齊維

今天是❤和燦亞大人❤接吻的第一天❤第一天❤第一天❤我們的初吻❤

燦亞大人還是很在乎我，聽到我可能會自殺，真的動怒了。

生氣的燦亞大人，嗯嗯嗯喜歡♥

謝謝岳父大人的助攻。要是沒有岳父大人的打擾，燦亞大人可能就不會那麼快跟我談祕密戀情。他說他珍惜我，我是真哭，沒有在演戲。

燦亞大人是最好的燦亞大人。

他踮起腳尖迎合我的樣子真的——！太太太太太太太可愛了，回想那一幕就忍不住傻笑，嘿嘿、嘿嘿嘿。燦亞大人的嘴唇好軟……抱起來好小、好軟，這麼軟會被我抱壞的……口腔還一下子就被我的舌頭填滿……第一次接吻，真的好喜歡♥

喜歡♥

喜歡喜歡喜歡喜歡喜歡喜歡喜歡喜歡喜歡喜歡喜歡喜歡喜歡♥這是我夢過無數次的場景——我擁著燦亞大人親吻，美夢成真，呵呵……

就算燦亞大人只是在應付我，那又怎樣？

我不會滿足於此。

都嚐過這樣的甜頭，怎麼可能這樣就滿足？

呼。

光是用文字寫出來不夠抒發我的心情。我有點，忍不住。忍不住一直回憶和燦亞大人親吻的畫面。

……

齊維停筆了。

夜裡的房間只靠著燭光照明，他緩緩地呼出一口氣，冷峻的面容忽然扯動臉部肌肉，情不自禁地笑出來。一時間，不曉得臉上浮出的潮紅是因為情動還是燭燈光輝的照耀，他吞著唾液，似乎想要藉此抵消從喉頭湧上來的乾澀，卻越吞越難受。

太可惜了。

沒有多享用一點。

燦亞大人凌亂的鼻息、柔軟的嘴唇、流出的唾液，還有努力抑制的小小呻吟……齊維閉上眼睛回憶，呼吸聲漸漸粗野，睜開雙眼時，眼神有些渾沌，手臂肌肉使力又鬆開，彷彿在回憶燦亞抱起來的重量，明明在同齡間不算特別嬌小，卻在他的懷裡像個孩子。

十五歲的少年，害羞地迎合他。

那介於情色與可愛間的青澀感更讓他蠢蠢欲動，但他當時忍下來，適時地撤退，相信往後的幾天，燦亞大人都會想著他。

就像他一樣。

現在無須忍耐。

其實他很少自慰，畢竟要控制心聲，旺盛的精力都靠騎士操練消耗，而且沒有真正碰觸到燦亞，不管怎麼做都不會滿足，如今有了和燦亞親吻的經歷，不做點什麼，反倒會讓心聲暴走。

他真的太喜歡了。

齊維慢慢地拿下手套，解開褲頭，想像自己拿這種骯髒的東西觸碰燦亞的嘴唇，前端的小孔已經興奮到流出液體，碩大的陰莖翹得很高，忍耐的青筋從下腹延伸，這一切肯定會嚇到單純的燦亞，或許連看都不敢看，然後他會把燦亞撇開的臉扳回來，強迫燦亞注視因他而興奮起來的性器。

齊維擼動著莖柱，他需要克制心聲，又要享受背德幻想的快感，男人哼著性感的低音，全身上下都燥熱不已，彷彿能看到意亂情迷的熱氣。他上下磨蹭龜頭，幻想燦亞用唇瓣親吻它、吸吮它，還會探出粉嫩的舌尖舔過敏感的小孔和冠狀溝，因為尺寸的關係吞不進去，只能努力地捧著親舔，可憐又可愛……

用舌頭就能塞滿的口腔，怎麼可能把他的陰莖全部吞進去？

但還是要試試看啊。

他會很溫柔的。

一點一點地挺進去，碰到喉頭就退出來，第一次不能讓燦亞太難受，要教他、哄他、鼓勵他、讚揚他……燦亞做什麼都值得讚揚。做不到沒關係、不努力也沒關係，讓他做這些就值得感恩。

不過，燦亞若用嫌棄的目光來審視自己，滋味好像也不賴？

齊維發出低低的笑音，幻想變了，變成燦亞踩著他的陰莖懲罰他。

不，是好棒的獎勵。

赤裸的腳掌用力地踩蹭硬挺的性器，俯視的目光讓人欲罷不能，齊維從想像中得到被燦亞鄙視的愉悅，手裡的動作越來越快，最終被幻想中的燦亞踩射，骯髒的精液噴濺在燦亞可愛的腳趾頭上，不滿的燦亞再次踩他，精液一股一股地濺出，於是燦亞伸出腿，命令他舔乾淨。

然後他又硬了。

齊維看了眼絲毫沒有消下去的性器，陷入小小的掙扎，再陷入克制的幻想……直至自己徹底冷靜。

至少，在下一次見到燦亞時，不能隨意暴走嚇到他。

可惜下一次，燦亞又自顧自地拉開他們之間的距離……

／

騎士日誌 齊維

接下來，或許沒有時間寫騎士日誌了。

歐塔克的狀況比我想得還要複雜，果真牽扯到皇室，沒想到隱瞞最多的是岳父大人。我一直都覺得燦亞大人跟其他人比起來特別閃亮，或許是因為他有精靈血統的關係？又或者是我眼裡的燦亞大人就是這麼亮眼神聖。

只要是燦亞大人想要的，我必定幫他達成，絕不允許任何人動到燦亞大人。

所以我先把這本騎士日誌封印起來。

希望下次打開時，我和燦亞大人之間的關係已經躍進到準備結婚。

也不是不可能吧？

呵。這不是痴人說夢。

我會努力朝那個目標邁進。

總有一天，一定會實現。

現在，我要先去幫忙燦亞大人清理馬舍。

——〈番外 被封印的騎士日誌〉Fin.

Mr. Knight, Please Restrain Your Heart's Whispers

Afterword

✦

後記

您好安安這裡是淇夏！不論是初次見面還是再次相見都很高興也很感謝看到這裡的各位！不知道Sun與騎士的設定有沒有讓大家覺得有趣？我個人是很愛瘋狗齊維啦（瘋狗愛好者）寫暴走的心聲時特別放飛自我，齊維往後不會收斂，只會更變態喔（大聲）而且一堆怪人，我們的燦亞大人真的辛苦了（？

如果有看過我之前的作品，能發現有許多彩蛋！接下來淇夏BL宇宙會持續擴大……齊維和燦亞的旅程也才剛開始！接下來的旅程會越來越精彩的，敬請期待！

真的非常感謝숙면老師為我們獻上這麼好看的燦亞大人和齊維，封面的燦亞大人神聖又美麗……難怪齊維嗷嗷嗷，我一開始看到也是嗷嗷嗷痛哭流涕，超級喜歡……這神聖的光影，就是我心中的燦亞大人（嚎哭）

在此感謝숙면老師、我的編輯、以及我家的貓在我寫稿時用柔軟的肚子鼓勵我（？）好好笑，身為貓奴的我致力於讓每部作品都出現貓，這也算彩蛋的一種吧（吧）

每次寫後記總是覺得很緊張，由衷地希望大家會喜歡這次的故事！也很謝謝連載時給我留言鼓勵的各位，期許自己能呈現更好的作品給大家！

以上，第二集見！先預告第二集的封面是超級帥氣的齊維喔，真的超級帥，難怪燦亞大人也無法抵擋……嗷嗷嗷嗷！我們第二集再見！

2024／10／14 淇夏

高寶書版集團
gobooks.com.tw

FH093
騎士大人，請收斂你的心聲 01

作　　者　淇夏
封面繪圖　숙면
編　　輯　賴芯葳
美術編輯　林鈞儀
排　　版　彭立瑋
企　　畫　黃子晏、賴麒妃

發 行 人　朱凱蕾
出　　版　朧月書版股份有限公司
Hazy Moon Publishing Co., Ltd.
地　　址　臺北市內湖區洲子街 88 號 3 樓
網　　址　www.gobooks.com.tw
電　　話　(02) 27992788
電　　郵　readers@gobooks.com.tw（讀者服務部）
傳　　真　出版部　(02) 27990909　行銷部 (02) 27993088
郵政劃撥　19394552
戶　　名　英屬維京群島商高寶國際有限公司臺灣分公司
發　　行　英屬維京群島商高寶國際有限公司臺灣分公司 / Printed in Taiwan
Global Group Holdings, Ltd.
法律顧問　永然聯合法律事務所
初版日期　2024 年 11 月

國家圖書館出版品預行編目 (CIP) 資料

騎士大人，請收斂你的心聲 / 淇夏著 . -- 初版 . -- 臺北市 : 朧月書版股份有限公司出版 : 英屬維京群島商高寶國際有限公司台灣分公司發行 , 2024.11.
面 ;　公分 . --

ISBN 978-626-7362-94-5 (第 1 冊 : 平裝)

863.57　　113017206